上田精一
平和歌集

生きる！

青風舎

上田精一平和歌集

生きる!

もくじ

III章　青き水の球体

Ⅳ章　戦世はならじ

V 章　沖縄と生きる——123

Ⅵ章　今に生きる多喜二　145

VII章　生きとし生けるもの

Ⅷ章　わが世界平和の旅　195

【写真・図版】
●『私の五木　民家と集落』（横枕五十雄）
●『五木の詩』（海鳥社）
●『新潮日本文学アルバム　小林多喜二』（新潮社）
●『沖縄戦と教科書』（草の根出版会）
●『「満州」再訪・再考』（草の根出版会）
●『女たちの昭和史』（大月書店）
●『子どもたちの昭和史』（大月書店）
●『あの日広島と長崎で』（平和のアトリエ）
●『東京新聞』（二〇一九年五月四日付朝刊）
●『琉球新報』（二〇一九年二月二十五日付朝刊）
●『平成28年熊本地震』（熊本日日新聞社）

I 章 ふるさとは緑なりき

1980（昭和 55）年ごろの五木の民家と集落

心のふるさと人吉球磨

脱穀機を担ぐ尾方茂さん

私にとって人吉球磨の地は生まれ育った八代と同等かそれ以上の心のふるさとである。母よし子の実家は四浦村大谷(現相良《さがら》村四浦)、八代出身の父弘は一武《いちぶ》尋常小学校に赴任し、同僚の母を見初めて職場結婚をした。

私が教師になったころは新卒の赴任地は出身地外ということになっていた。私は迷わず母親の里・人吉球磨地区を選んだ。人吉一中を振り出しに五木二中(現五木中)、上村《うえむら》中(現あさぎり中)、多良木中、錦中、相良北中(現相良中)、人吉二中の七つの中学校に勤め、一九九八年定年退職した。この間に出会った数千名にのぼる生徒、保護者、同僚の皆さんはまさに我が人生の宝ものだ。

なかでも五木村は殊の外思い出深い。五木勤務二年目が終わらんとする春、私は湯前町に住む上村廸子《うえむらみちこ》と結婚した。新婚生活のスタートは五木二中の職員住宅からであった。五木村の中心地は頭地《とうじ》。五木荘やまるとく旅館が諸会合のあとの飲み会の場所だった。五木東小前で文房具店を営んでいた堂坂よし子さんを招いて正調五木の子守歌を教わったりもした。手打ちの五木そばの店もあった。自然の懐にいだかれた魅力いっぱいの集落は私の脳裡に今もくっきりと残っている。

その中心地は、川辺川ダム建設計画によって水没予定地となったために、学校も役場も病院もガソリンスタンドもすべてが代替地へと移転し、荒廃した空き地が広がっている。その中に一軒だけ残っている家がある。尾方茂・ちゆきさん夫婦の住む家で、築百三十年を超える。

ダム反対運動のなかで尾方さんと出会って二十年近くになる。尾方さんは初対面の私を掘炬燵のある居間に上げ、お茶を出しながら自らの思いをぽつりぽつりと語った。

そのときの茂さんの言葉で今も耳底に残っている言葉が二つある。

「百姓は農地のなからんば生きていけんですもん。先祖代々受け継いできた農地は　どしこ《(どれだけ)》金ば積んでもろうても手放されまっせん」

「ダムのでければ移ります。それまではこの農地ば耕させてくださいと言うとっとです」

二〇〇八年九月二日、田中信孝人吉市長がダム建設計画を白紙撤回、つづいて十一日には蒲島郁夫熊本県知事も白紙撤回を表明。その数日後、私は茂さんと握手を交わすべく妻を伴い尾方さん宅へ車を走らせた。

「茂さん！　夜明けが近《ちこ》うなったですなあ。茂さんの大切な農地ば安心して耕さるっごとなりますよ。よかった、よかった」と手を握りしめると、太く強い手で私の手を握り返してきた。茂さんの目がきらっと光った。

取り壊される五木東小（2003 年）

私たち夫婦はII章のエッセイで述べるような事情で一年前、二人で苦労して建て五十数年住みなした家を手放し、人吉の地を去った。

南島原市口之津――私たち二人の新天地。この新天地が第三の心のふるさとと言えるよう充実した日々を生きていきたいと切に願っている。

❁清流は誰のもの❁

臨月の娘《こ》が折りくれしビラ配るダム反対の市長生みたく

「ダム工事中止になればいいのだが」声をひそめて語る村人

セメントの巨大なる柱川に立ち清流日に日に傷みてゆきぬ

乳牛と茶に切り替えし老農夫「今さらダムの水は要らん」と
（錦町高原《たかんばる》にて）

畑打ちてこの家に住むが幸せと寒風の今日も地下足袋を履く
（五木村　尾方茂さん）

ダム工事中止のうねり高まりぬ畑地守りし農夫に笑みが
（尾方茂さん）

清流を残す願いに集いたる人々と酌む新年の酒

2003—08年

❋❋壊されゆく歴史❋❋

県下一古さを誇る学校をクレーンがつかみ叩きつぶせり
（五木東小学校）

こわされし校舎のあとの片隅に秋桜野菊色褪せて咲く
（同前）

学校の前にて文具売りし店今は解かれて秋草揺るる
（堂坂商店）

日々是好日

孫抱きて秋の路地裏足そぞろ廃屋空き家ここにかしこに

幾世代人の営みありしかと空き家に佇《た》ちて古木見上ぐる

ベランダに四世代集い遠花火平和なればこそと語りつつ観る

冬枯れの梅の古木は苔むして芽吹きの鼓動芯に秘めおり

微笑みの弥勒菩薩は指細く腰の締まりて優雅におわす
（京都・広隆寺）

「伴天連の宿」と詠まれし天草の旅籠は路地の奥にひっそり

廃屋は蔦のはうまま崩れ落ち庭の楠の木天高く伸ぶ

❖❖歌人《うたびと》つどいて❖❖

人吉の老舗の宿に集い来る歌人の顔の若やぎており

即詠をたのしみたしと集いたる歌友の笑顔に秋陽の映ゆる

新緑の中に金箔きらきらと晶子の歌碑は湯の宿に建つ
（人吉旅館）

幾歳月青井の宮に根を張りし楠の若葉に心和みぬ
（青井神社）

また会おうご健詠をと別れゆくしわ深き手の強き握りよ

ダム白紙撤回

ダム賛否資料駆使して新市長白紙撤回高らかに宣《の》ぶ

球磨川を守ることこそ民意なり知事決断に力湧きくる

水没の予定地に残り父祖の畑守る夫婦の夜明け清《すが》しも
（尾方茂・ちゆき夫妻）

同窓会にて（八代第二中学校）

片思い気づきいしかと汝《な》は問いぬ六十年の歳月を経て

我がいじめし友もこの場に座しおれば盃交わす勇気生まれず

吾をいじめし奴も来ている同窓会苦き思いに視線をそらす

殴り合いのけんかをしたる友と酌む古傷を見せ笑いあいたり

育ちゆく孫ら

生まれくる孫の心音たくましき産院に聞く祖父ふたりして

孫抱きて初秋の海辺行きゆかばわけしいのちの熱き温もり

日一日語彙の増えゆく孫二歳溜め込みしもの噴き出すごとく

古稀過ぎて竹馬乗りを見せたれば幼き孫ら見上げはしゃぎぬ

「まん丸よ」五歳の孫のはずむ声ケイタイ握りて月観て話す

夜遅く「俐空《りく》」とつけしと息子《こ》の電話　賢く強く天まで伸びろ

ケイタイに孫の活躍伝え来る夜道急ぐか娘《こ》の息づかい

「合格よ」澄みたる声の孫娘梅ほころびし朝の電話に

八人の孫らに原発ゼロの世を渡し逝きたし今日もビラまく

❋❋若葉風吹く――太宰府・都府楼跡にて❋❋

新緑の都府楼跡を案内《あない》する傘寿超えたる君の声太し

そのかみの旅人憶良と交わりし人かと紛《まご》う君の語りよ

名を残す朱雀通りを踏みて訪う九州治めし都府楼跡を
数多《あまた》なるまろき礎石は整然と都府楼跡に若葉風吹く
大いなる都府楼脳裏に浮かびくる列なす礎石見遣《みや》りて佇《た》てば
若葉萌ゆる大野の山に向かい 立ち汝は朗詠す憶良の歌を

II
章
共に生きて

『拓け満蒙』1939 年 3 月号表紙

妻　廸子《みちこ》との五十三年

高齢者にとって転倒は実に怖い。妻はその転倒を重ね、腰椎、鎖骨、胸椎、そしてこの三月には大腿骨を折り人工関節を入れる手術もした。夫婦二人の生活はとても無理と判断し、南島原市の二女の嫁ぎ先の離れに急遽転居。二女一家の協力を得ながら妻の介護に専念している。

何もかもはじめてのことばかりで心身ともに疲れるが弱音は吐けない。結婚以来半世紀、自由気ままに生きてきた私を支えてくれたのは妻であったし、妻ありてこその教職の日々であった。定年後傘寿を迎えるまで大きな病気ひとつするでもなく過ごしてこれたのもまた妻ありてこそであったと心底思う。

「重たい私を抱えてくれてありがとう。夜も何度も起こしてごめんね」

そうつぶやく妻に、「たまたまあなたが先だっただけたい。気にするな」と私は応える。

五月一日は私の八十一歳の誕生日だった。夕食時、三世代そろってハッピーバースデイを合唱し、八本の蠟燭を吹き消した。一人ひとりが祝いのことばを述べてくれた。妻の番になった。

「私のせいであなたの大好きな人吉を去ることになってごめんなさい。人吉でまだまだたくさん仕事をし活動もしたかったでしょうに。でも、今までどおり好きなこと思いっきりやってください。私もリハビリがんばって元気になるから」

二女一家が暮らすここ口之津が妻と私の新天地だ。この地域の支えの中で妻の介護に生きるとともに、この地に根を下ろし、根を張り、平和運動に映画運動に小さな花でもいい、咲かせてみたい、妻と二人で。

ピアノを弾く妻廸子

この拙文は昨年の五月、年金者組合人吉球磨支部の会報に寄せたものだ。それから一年が過ぎた。妻は再起を期して連日リハビリに励んでいる。〝廸子さんの熱意と笑顔に私たちが元気をもらっています〟とは介護施設の職員の皆さんの声だ。しかし、快方に向かうどころか左腕左脚はまったく動かなくなり、部屋の中でも車椅子での移動を余儀なくされるようになった。

今年の正月明け、長崎大学病院に二週間検査入院した。その結果、十万人に二人程度の難病といわれる大脳皮質基底核変性症の疑いという診断が下った。

妻はその日の夕食時、「今日のこと、短歌にしたわ」とチラシ広告の裏に書いた歌を見せた。


左腕左脚より萎えてゆく難病なれど前向き生きる

ショックで食の進まぬ私をさりげなく励ましてくれたのだ。弱音を吐かない、笑顔の絶えない強い妻に逆に私の方が励まされている。そんな妻だが、ときにぽつりとつぶやくことがある。

「生きている甲斐ないよね。あなたや祥子夫婦に迷惑ばかりかけて。何もできなくなってしまって死んだ方がまし――」

そんな妻に私は言った。

「何を言うか。あなたが生きていることが俺の生き甲斐、生きる支えたい」

私のこれまでをよく知る友人たちが異口同音に言う。

「これまでさんざん廸子さんに苦労かけてきたっじゃら、恩返し、恩返し」と。

廸子よ、与えられた生命の灯が尽きるまで、励ましあって明るく元気に生きていこう。これからもよろしく!

和服の妻と台湾にて
(「Ⅷ章　わが世界平和の旅」2011 年)

妻　廸子《みちこ》の詠いし歌

添いて生きこし

性格も趣味も違いしこの人とよくぞ生きたり諍《いさか》いつつも

夫《つま》と建てし新婚の家半世紀子ら住まずして空き家となるか

初雪をかぶりし狭庭《さにわ》の野菜抜き吸いものに入れ夫と酒酌む

言葉には不思議な力があるものよ「よいしょ」と言いて立ち上がりけり

日一日忘れん坊になりゆけり「俺も同じ」と夫は言うも

ふと思ういつか消えゆく命なり残り時間はいくばくなるや

いくたびも道でつまずくわが身をば夫はさっと手を出しくれぬ

肺炎にかかりし夫の息せわし我を抱えて咳き込みおりぬ

金婚の宴に子や孫集いたり子ども持ちたる幸《さち》しみじみと

折々に

初雪を部屋より眺めりんごむくふと過りけり被災地の冬

白銀の斜面滑り来る孫ら見て吾も滑りいし「満州」思う

友と酌む誕生祝いの酒うまし喜寿を迎えて湧くよろこびよ

蚊に刺され庭の茗荷をひとつ採り刻みて入るる夫の汁に

舗装路の割れ目より伸びし雑草を朝夕見ては励まされおり

真っ直ぐに天を向きたる水仙に曲がりし腰を伸ばして見せり

朝餉終えふと窓外に目をやれば眠りし木々にさ緑の見ゆ

赤き布かけたるベンチに座しおれば春の陽ざしが我を包めり

舗装路に這い出すみみずをはさみとり畑地にそっと返してやりぬ

朝夕に水かけ育てし朝顔の花を数えて今日が始まる

戦争はまっぴら

「満州」に生まれ育ちしと語り合う苦境は同じ宝田明と

戦争への道阻みたくビラ配る空き家の多きに胸いためつつ

戦をば語りたがらず逝き給う母の苦難のいまさら沁みて

ウオーキング兼ねて反戦ビラ配る一石二鳥ねと夫《つま》と語りて

家族の中で

孫たちの笑顔の写真見る度に世のいざこざが消えてゆくなり

子や孫に炊事洗濯お掃除と頼られ生きるも元気なるゆえ

招かれて孫の日舞を観に行けりその指先のなんとしなやか

「合格よ」孫の明るき電話あり狭庭の椿咲き初めており

思春期の孫だみごえでわめきおりわが子育てし頃の懐かし

くねくねと曲がりて伸びし樹々眺む思春期の孫の成長にも似て

杖をつき夫《つま》に添われて歩みたり紅葉《こうよう》深む山々眺め

知らぬまにかなわぬ手足で拍子とり孫打つ太鼓に見とれておりぬ

娘《こ》が嫁ぐ離れが終《つい》の住《す》み処《か》なり夫いれくれる新茶の旨し

❁❁前向きに生きる❁❁

よたよたと老犬引かれて歩みくる我は杖つき夫に手引かれ

朝ごとに朝顔小さくなりてゆく吾も日に日に縮みてゆけり

転倒し床にしたたか頭打つ　大声出して夫駆けくる

危惧したる転倒ついに我が身にも全治二ヶ月前向き生きん

思い出せぬ人の名増えてきたりけりそれでも元気前向き生きる

ゆっくりと治していこうと夫《つま》の言　かなわぬ左手つねりつつ聞く

欠席の欄に小さくマルをつけ同窓会の返事を出しぬ

庭先に夫が播《ま》きし朝顔の花を数えていざリハビリへ

「腕になり脚になるよ」と夫の言ううれしく聞きて今日もリハビリ

介護3の身になりたれど生きていく日本の未来もっと見たきに

夫　精一の詠いし歌

平和に生きる

ホタル飛ぶ林の中を行きゆかば妻の肩にも光りておりぬ

二ヶ月の入院生活終えし妻寄り添いきたる淡く紅ひき

「満州」に生まれし妻は箸を止め孤児が勝訴の画面に見入る

「慰安婦は必要だった」の暴言に菜を刻む妻しばし黙《もだ》しぬ

原爆忌鐘の音聞きつ黙禱す化粧の手止めし妻と並びて

反戦を訴え妻とビラ配れば赤飯包みてくれし家あり

ふたりの母

米粒を掬い四人の子に与え汁を啜りし戦時下の母

父征く日祖母と母とが裏部屋に忍び泣く影ふっと浮かびぬ

「満州」より幼三人負い引きて引き揚げし苦労義母は語らず

戦争に夫取られし我が義母は再婚拒み娘《こ》らと生き抜く

ピアノ弾く妻

我が歌う「旅愁」の伴奏は妻にして山の湯宿の合宿コンサート

山の湯に響く合宿コンサート「悲愴ソナタ」を妻が弾き終う

弾き終えし妻の笑顔を見つめつつ手痛きほどに拍手送りぬ

戦争で父奪われし我が妻は平和の歌もレパートリーに

妻六歳の記憶

いくたびも妻涙ぐみ書き綴る「満州」引き揚げ六歳の記憶

妻言えり「船の汽笛は大嫌い」引き揚げ船での水葬過《よぎ》れば

死線越え子ら連れ帰りし母がいて残留孤児とならず今あり

戦争はいやだと逝きし母の意思胸に抱きて妻は生きると

「満州」の地図を拡げて我が妻は母を恋いつつ引き揚げ語る

三人の娘遺して義父戦死　孫八人に君が血生きる

骨《こつ》ならぬ土に線香あげし母の無念思いて妻は涙す

子らは無理預かるからと言われしも母は拒みて引き揚げ果たす

引き揚げの船待つ日々は米拾い重湯すすりて生き抜きたりし

III 章

青き水の球体

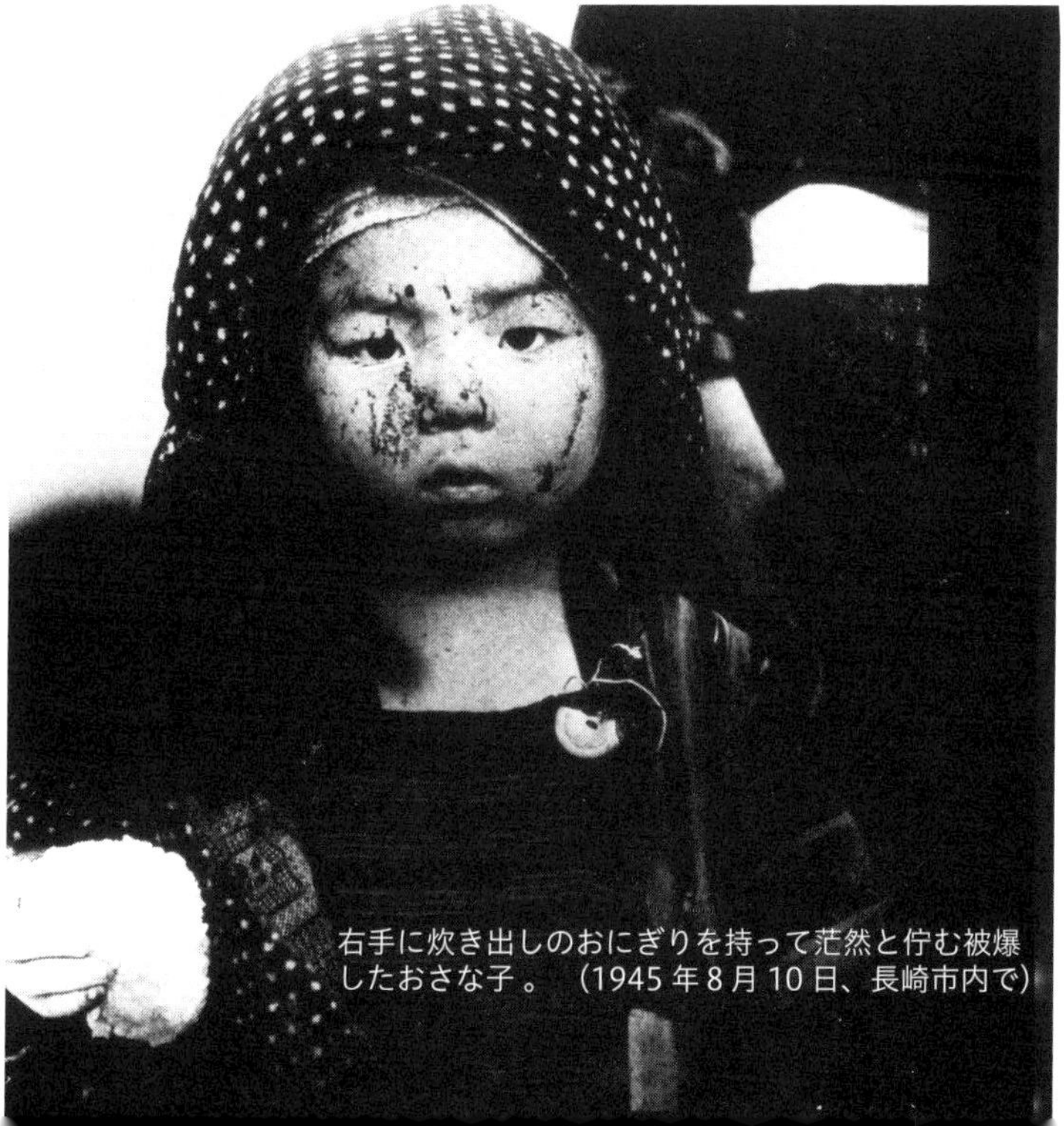

右手に炊き出しのおにぎりを持って茫然と佇む被爆したおさな子。（1945 年 8 月 10 日、長崎市内で）

ゲンはたくましく生きつづける

ひとよし映画祭の講師として参加した中沢啓治さん。（1994年）

漫画『はだしのゲン』の著者・中沢啓治さんが肺癌のため二〇一三年十二月十九日、広島市内の病院で亡くなった。まだ七十三歳であった。

中沢さんは広島市で生まれ、六歳で被爆。父・姉・弟を一度に失う。その悲惨極まる体験をもとに原爆投下後の広島の実相を憤りを込めて描きつづけた。

映画『はだしのゲン』は劇映画（一～三部）、アニメ映画（一～二部）と計五本あり、そのすべてを人吉球磨平和教育担当者会（榮啓一郎代表・当時）と私が代表を務めている人吉映画センターの共催で郡市の各小中学校で上映した。一九七六年の一部から一九八六年の二部まで、制作されるたびごとに上映し、計五万四千人の児童生徒が鑑賞した。

原作は英語、ロシア語など十数ヶ国語に翻訳され、海外でも広く読まれている。人吉球磨でも地元書店と平和教育担当者が提携して一九七〇年代から八〇年代半ばごろにかけて購買運動を展開し、ほとんどの小中学校の図書館や教室に置かれ、ボロボロになるほどに読まれた。

中沢さんは映画のキャンペーンや教育研究集会の講演などで数回人吉入りし、そのたびごとに球磨焼酎を酌み交わしたことを昨日のことのように思い出す。なかでも忘れられないのは、中沢さんの母の死（一九六六年没）にまつわる話だ。

「母の遺体を火葬したら灰しか残らなかった。原爆はおふくろの骨まで奪いやがった」

呻《うめ》くように語った中沢さんの怒りの声が蘇ってくる。母の死を機に原爆を告発する漫画を描きはじめた。『黒い雨にうたれて』がその皮切りだ。

『はだしのゲン』第一部（全十巻）はゲンが絵描きを目指して上京するところで終わる。中沢さんは続編の構想を持っていたが、視力は落ち、腱鞘炎も悪化し、ついに執筆を断念した。

死んだ子の焼き場を求めて　広島の街をさまよう若い母親。子どもの顔には蛆虫が…。

中沢さんが無念の死を遂げた翌年の八月、我が目、我が耳を疑うようなニュースが飛び込んできた。島根県松江市教育委員会がこともあろうに『はだしのゲン』を槍玉に挙げ、首をはねたり女性に乱暴したりする場面があることから事務局の独断で学校側に貸し出しの禁止を要請したのだった。学校側も唯々諾々としてこれに従い、閲覧には教師の許可が必要という措置をとったというから情けない。松江市教育委員会には抗議が殺到。その後、「手続きに不備があった」という理由にならない理由で閲覧制限の撤廃を決めた。

中沢さんが生きていたらテーブルをドンドンと叩いて悔しがったにちがいない。

「被爆の悲惨さはあんなものではない。あれでも抑えに抑えて描いたんだ……」と常々語っていたからだ。

中沢さんの分身そのもののゲンは国内外でたくましく生きつづける。核廃絶、原発ゼロを実現し、青き水の球体を守り抜くために——。

❋❋広島原爆展・熊本❋❋

治ること信じて折りし小《ち》さき鶴少女禎子の叫び伝い来

額寄せ千羽鶴折る子に母は心込めてとささやきおりぬ

原爆展見しあと妻に教わりて禎子に供うる千羽鶴折る

白き指そっと差し出す女子高生顔ゆがめ触《ふ》る原爆瓦に

蟬しぐれの中で

友遺ししプラカード持ち真夏日に核廃絶を訴え歩く
（友＝故佐土原盛さん）

被爆地を持つこの国の不思議なり今なお核の傘に居るとは

原爆忌孫らに混じり黙禱す鐘鳴りわたる蟬しぐれの中

数万の市民の中に我もいて原発要らぬと声を限りに

❋❋地球の喘ぎ❋❋

地球からのしっぺ返しよこの猛暑老女と語る汗を拭き拭き

熱中症も地球の喘ぎの証なり死者出るたびに思い知らさる

地球からのＳＯＳと覚るべし　氷河崩壊　海面上昇

❋❋いのち❋❋

「折り鶴」の歌詞の意学び児童らの歌ごえ熱し平和登校
（南島原市口之津小学校）

長崎の被爆瓦にそと触れぬ住みいし家族に思い馳せつつ

プラハでのオバマ演説まぼろしか地下核実験を寒々と聞く

❋❋映画「チェルノブイリハート」試写会❋❋

息を呑み「チェルノブイリハート」に引き込まる　遺すはならじ原発の惨

心臓に穴のあきたる児ら生まれチェルノブイリは悲惨の極み

人類は滅びの道へ進むのか「チェルノブイリハート」観し人呻《うめ》く

この星のすべての生命《いのち》は消えゆくか映画を観たる友の憤激

つい逸《そ》らす目をスクリーンに戻しつつ「奇形」の児らの映像見つむ

新たなる安全神話をまきちらす輩《やから》に見せたしこの映像を

嘆息と呻き悲鳴にどよめきぬ「チェルノブイリハート」の試写会場は

❋❋❋ 「原発は安全」 ❋❋❋

何ゆえに『はだしのゲン』を隠すのかモノ言えぬ世に戻すはならじ

「子らのため描きしゲン」と憤る中沢啓治の顔迫り来る

フクシマの現地無視せる言なるや世界に向けて「原発は安全」

オリンピックを招致せんとて宰相は原発のウソしらじらとつく

置き去りにされるのではとフクシマの人ら嘆きぬオリンピック招致

二つの判決

垂れ幕を掲げし若き弁護士のまなざしまぶし「大飯《おおい》判決」

生きてあらばうれしきこともあるものぞ大飯判決朱線ひき読む

名に恥じぬ「法の番人」高らかに原発よりも人のいのちと

「原発は人格権の侵害なり」胸のつかえの下りてさやけし

❋❋原発も核も要らぬ❋❋

「原発は人間制御の利かぬもの」元東電社員の証言重し

生き抜きて原発ゼロの日本をこの目で見たし　初日昇りぬ

「核持つな」核持つ国のこの理屈解せざるままに年は明けたり

中沢の分身ゲンは生きてゆく核廃絶を成し遂ぐるまで

核兵器禁止条約採択

核兵器禁止条約採択を胸熱く聞く七夕の夜

総立ちの拍手歓声抱擁のこの日この時待ちに待ちたり

空席にぽつんと一つ折り鶴は歓喜の海に飛べず漂う

草の根の反核運動実りたり七十二年の歳月を経て

核兵器は違法と謳う条約に背を向ける国に未来のありや

恥ずべきは日本政府の体たらく核被爆国の使命を忘れ
核の傘に入りたるままに反核を唱えし姿の哀れきわまる
中高生も笑顔で署名に応じゆく核はおそろし戦争はいやと

❁❁ 気迫鋭く ❁❁

シャツを上げ深くえぐれる胸を指し「原爆憎し」と谷口さんは

うつぶせの二十一ヶ月を生き延びぬ腐りし胸と腕には蛆《うじ》が

偏見と差別に耐えて生き抜きぬ赤い背の人の被爆後の日々

綾暉《すみてる》とう名前に恥じずに生き抜きぬ核なき世界に命を懸けて

（「綾暉」には「光が届かない所をも隅々まで照らす」という意味が込められている。）

改憲も戦争法も許せぬと首相にぶつけし気迫鋭く

同時代を歩みきたりて思いたり我が反核の執念薄きを

❋❋ノーベル平和賞❋❋

一面のトップに躍るＩＣＡＮの「平和賞授与」輝きて見ゆ

生きてあらばよきことのありＩＣＡＮの受賞を仲間と喜びあいぬ

寂《せき》として日本政府の声のなしＩＣＡＮノーベル賞受賞の報に

「核兵器は絶対悪」と節子女の凜々たる声オスロの地より

「核兵器の終わりの始まり」節子女の呼びかけ世界に轟きわたれ

血と汗と命ささげし人ありてついに緒に就く核廃の道

北朝鮮非核化宣言

風薫るなかを朗報飛び込みぬ北朝鮮の非核化宣言

謀《たばか》りでなきこと示せ金正恩自国の民に世界の民に

アメリカも等しく核を棄てるべし核廃絶に怒濤の流れを

酒酌めば涙ぐみつつ亡き友は「イムジン河《ガン》」を歌いておりし

長崎原爆平和祈念式典にて（二〇一八年）

臨席の古老は汗を拭き呻く「あん日はもっとぬっかったとばい」

被爆者の無念と怒りが惻々と胸に沁みくる「平和の誓い」

気がつけば拍《う》ち し手の平赤々と被爆者代表の「平和の誓い」に

「被爆者と連帯するためにここに来た」事務総長の声の頼もし

「唯一の被爆国など言う資格なし」被爆者代表ら首相に迫る

Ⅳ章 戦世はならじ

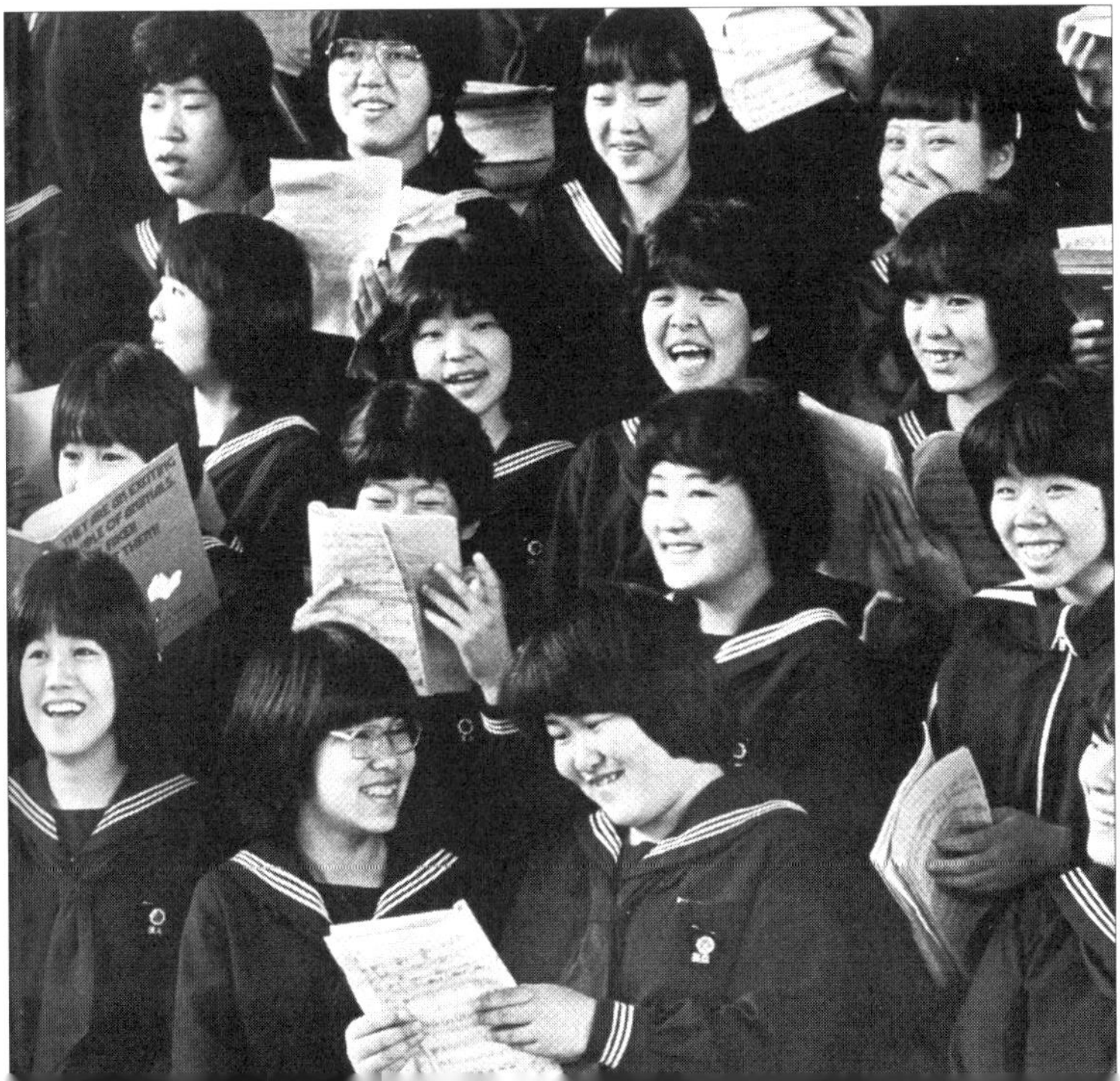

〝戦世はならじ〟を貫いた白石《しらいし》敬旺《たかお》さん

白石敬旺さん

話は十五年も前の二〇〇四年一月十三日にさかのぼる。私はその日の朝、朝日新聞のある記事にひきつけられていた。

「戦地から妻と娘に五十通」「命吹き込まれるビルマからの手紙」「孫娘が作曲し、ライブ活動」の見出しにつづくリードには、「第二次世界大戦で激戦地となったビルマ（現ミャンマー）から妻と幼い娘に、絵手紙を送りつづけた男性がいた。その絵から受けたイメージをもとに、ミュージシャンの孫娘が曲を作り、各地でのライブ活動で歌いつづけている」。絵手紙二枚とピアノを弾く石塚まみさんの写真入りの七段扱いの記事だった。

その数日後の夕刻、今は亡き清風薬局の白石敬旺社長（二〇一七年没）から電話が入った。記事を読んで感動したという電話だった。しばらく語りあったあと、白石さんがしみじみと言った。

「私の父は終戦の年の昭和二十年四月、ビルマで戦死しました。ちょうど私が小学一年に入学したころでした。出征したのは昭和十六年、私は二歳数ヶ月でした。父の五十回忌の平成十年、せめて父の最期の場所なりとも確かめたい、できたら遺骨も……と初めてビルマを訪ねました。

その後六回訪ね、現地の方々の協力で戦死の場所はここだと特定することができました。でも、遺骨はもちろん、遺品も掘り出すことはできませんでした。せめてもの記念にと〝ビルマの竪琴〟を買い求め、石ころ一つ持って帰ってきました」

私は白石さんのお話を伺いながら、義母（妻の母）のことを思い出していた。当時八十九歳の義母はⅡ章で触れたように戦争で夫を亡くした女性である。戦友が持ち帰った戦場の土を遺骨がわりにしての戦後の日々であった。

白石さんの電話はまだつづいた。

「孫娘の石塚まみさんを人吉に招きコンサートを催したいのです。できれば絵手紙展も。自衛隊のイラク派遣、憲法九条問題など平和が危機にさらされている今、戦争と平和を考える機会にしたいのです。とりわけ、若い人に聴いてほしいと願っています。ギャラは父への供養として私が持ちますから、人を集めることに力を貸してほしいのです。三百名ばかりの方々を招待したいのです……」

私は口をはさんだ。

「世の中がきな臭くなっているこの時機、すばらしい企画だと思います。でも〝ただ〟ほど値打ちのないものはありません。有料にしたらどうですか。普及については私も友人らとともに全力で協力しますから」

その後、数回の会議を重ねて四ヶ月後の五月二十三日、チャリティーコンサート「ミャンマーの風」が実現した。八百人を超える市民が集った。入場料収入はすべて地域の五つの福祉施設に寄贈された。その折の白石さんの笑顔が鮮烈に蘇ってくる。

〝戦世はならじ〟を貫いた七十九年の生涯であった。

❋「草の乱」ロケ❋

白だすき白鉢巻のエキストラ荒川渡りの撮影を待つ

竹槍に鉈鎌《なたかま》持ちて鍬《くわ》持ちて集う百姓千人を超ゆ

幟《のぼり》持ち水しぶきあげ川渡る白き鉢巻秋空に映ゆ

伝蔵も栄助もいる「草の乱」秩父事件の今蘇る

決起せる百姓の群れ撮り終えて神山《こうやま》監督の白き歯の見ゆ

平和希求

ひたひたと押し寄せ来《きた》る波のごと憲法つぶす軍靴の響き

兵送る家族の顔の大写し戦争前夜とつぶやく古老

出征の夫見送る我が母の流せし涙ふと蘇る

粉雪《こゆき》舞う反戦デモに孫を抱き憲法守れと腹の底より

教え子を戦場に送るなの合言葉日々かすみゆく後輩よ起て

平和憲法を守る集い・人吉

春雨のなか集いくる人多し憲法守れの願いひとつに

高齢者の発言つづくなかにいて高校生がさっと手を挙ぐ

平和への思いを熱く詩に込めて友は読み上ぐ「憲法守れ」

「若者がしっかりせんばわからんよ《（しないとだめだよ）》」八十路越えたる媼《おうな》が叫ぶ

「ミャンマーの風」・平和ライブ

ビルマより妻と娘に絵手紙を描き送りたる兵士還らず

激戦の地より届きし風景画に半世紀経て孫曲つける

（孫＝石塚まみさん）

ロンジーをまといて孫が弾く曲はビルマで戦死の祖父偲ぶ歌

願っても平和は来ぬと気づきしと「ミャンマーの風」君は企画す
（清風薬局前社長・故白石敬旺《たかお》さん）

絵手紙の記事から生まれしコンサート平和希求の聴衆八百

せめてもと「ビルマの竪琴」求め来し六たびの遺骨収集ならず

戦後六十年　夏

門ごとに夕餉の香り流れいて九条守れのビラ配りゆく

扶桑社の教科書採択させまじと教育長らに私信したたむ

産院のロビーに置きし九条の署名増えゆくと院長の笑み

「戦争を美化する教科書不採択」受話器に友の声弾みおり

❋❋銃とらせじと❋❋

孫たちに銃とらせじと九条の会に向かえり風雨をつきて

路地裏の軒先借りて述べはじむ九条守れと母親たちも

教育の理想を述べたる教基法緑風のなか繰り返し読む

額寄せ教基法改悪反対のチラシ編む　子を戦場に送らぬために

平和風船・渡《わたり》保育園平和保育

木の香満つ新園舎背に老園長いのち吹き込む保育を誓う

園長の学徒動員体験は平和保育に繋がりおりし

被爆しし柿の木「二世」育てたる元園児らは平和訴う

園児らの平和風船群れなして夏空高く吸い込まれゆく

花の種かならず植えると園児らに平和風船への返事届きぬ

長崎の空に向かいて園児らは十一時二分小さき手あわす

バトンタッチ

「独裁者」のチャップリン演説教材に選びて明日の講義に備う

「平和のバトンタッチがライフワーク」と前置きしつつ講義始めぬ

チャップリンの六分間の演説を学生ら観る身じろぎもせず

南京の媼《おうな》はレイプの痛恨を呻きて述ぶる涙拭いて

南京の悲惨を語る老人を学生ら見つむ涙滲ませ

教基法に「愛国心」を盛り込みて戦へ向かうを元兵士嘆く

語り継ぐ責務は我々学生ぞ発言つづく師走の集い

＊政権投げ出し＊

アメリカのいいなり政治極まれり骨の髄まで染み込みたるか

虚ろなる眼差しみせて会見す首相はついに詫びることなく

無責任に政権投げ出しは誰のこと言いつつ平和の講義始めぬ

大本《おおもと》より政治の変わるときなるや未来社会に胸のときめく

＊＊防衛省汚職＊＊

防衛省こぞりてたかる甘い汁九条の国の汚職どこまで

どす黒き膿《うみ》の噴き出す防衛省政軍財の癒着底なし

戦争を放棄したるに軍事費は五兆円なるを君はどう解く

「偽」の文字が今年の漢字に選ばれて苦き思いの師走となりぬ

イージス鑑

真ふたつに漁船を裂きし軍艦は漁師一家を奈落の底に

何様と思いいるのかイージス艦漁船の海を我がもの顔に

探索を打ち切ると述ぶ漁協長の苦渋の顔のしわの深かり

しわ深き手に数珠持てる浦じまい嗚咽《おえつ》呻きが我が胸を衝く

❋❋平和に生きる❋❋

積乱雲湧き出ずる日に立ち上がる我が町内に九条の会
（願成寺《がんじょうじ》・泉田《いずみだ》〈願泉《がんせん》〉九条の会）

九条をまるごと未来に残さんと署名求めて若きらを訪う

九条を守る呼びかけ代表を若き母親笑顔で受けし

八十路越ゆる人ら次々進み出て戦場の悲惨切々語る

❋❋南京大虐殺証言集会・人吉❋❋

南京の少女の脳裏に焼き付きし地獄絵語る怒り抑えて

焼く・殺す・奪う・強姦見しままに張《ちょう》さん語りぬ声振り絞り

刺殺さる兄の場面に至りなば涙あふれてことばつづかず

保育士も学生の眸《め》も潤みおり南京虐殺媼の語りに

七十の青春

メーデーに古稀過ぐる吾《あ》も肩組みて雇用守れの拳突きあぐ

古稀過ぎし教職同期の友と酌み肩組み歌う「緑の山河」

九条の署名呼びかける声太し我が七十は青春のなか

五月三日　憲法朗読つづけきて二十年の経し新緑まぶし

憲法を暮らしの中にと説きつづけし蜷川府政は永遠《とわ》にかがやく

〝九条おじさん〟歌友・故蓑輪喜作さん

「おい九条」と幼稚園児に呼ばれたる九条おじさんついに旅立つ

よくぞまあ声をかけたり十三万汝《な》が人柄のなせる業かと

九条を守れの署名は六万人空前絶後ぞギネスブックぞ

九条の署名に応えし若者も告別式に座しておりしと

九条の署名拒みし人らにも次に繋ぎて君は笑みたり

総選挙

今の世に「踏み絵」なるもの顕われり唯々諾々と踏む者もいて

世論調査に一喜一憂は禁物とわれに鞭打ち支持拡げゆく

「国賊」のことば飛び交う世となりぬ戦後は去りてもはや戦前

✻九条改憲ノー✻

権力を監視する任棄てたるやメディアこぞりてトランプ持ち上げ

人吉の仲間とともに高らかに改憲ノーと木枯らしの中

改憲派三分の二を占めるなか野党と市民の結束いや増す

政権窮地に

「安倍政権窮地」の記事のさもありなん止《とど》めとならんか文書改竄《かいざん》

尻尾切る常套手段で逃げんとす「サガワサガワ」の言いざま寒し

責任を部下に押しつけ逃げんとすその心根の哀れや哀れ

氷山の一角なるぞ森友は根っこは深し政権の闇

❋❋金子兜太さんのインタビュー記事から❋❋

澤地さんに頼まれ一気に書いたんだ生きている字が大事だからね

安倍の字を漢字にするのはもったいない軽い感じのカタカナにしたよ

根元からアベ政権をぶち壊す大きな戦線張ると違うよ

国会前の若い連中もえらいもんだ一人ひとりが大きな声出し

私はね「戦争反対」の塊だ無残な体験しているからね
生き残っている者として「戦争は悪だ」と話しつづけるよ

五月来たれば

「ゲルニカ」をパブロ・ピカソが描き始むその年その日我は生まれぬ
（一九三七年五月一日）

メーデーに生まれし我はいつよりか働くものの側に立ちおり

いつしかに五月来たればあらためて読むならわしぞ憲法全文

節穴ならず

戦場に征き人殺せ血を流せ　安倍政権の本質見たり

「急落」の文字朝刊に躍りたり国民の眼は節穴ならず

若き日に誓いし教組のスローガンかざして起ちぬ元校長も

退《ひ》いてはならじ

蟷螂《とうろう》の斧と思えど人々と官邸前に声を嗄《か》らしぬ

暴力や戦争賛美は映さぬと高野悦子の視点は高し

反戦と護憲貫き内外の名作映して汝は逝き給う

「戦争か平和かを問う選挙だよ」九条守る意志語りゆく

全国紙なべて政府の宣伝紙「木鐸」の語も死語となりしか

❋❋❋世論の力で❋❋❋

炎熱に炙《あぶ》られチラシ配りゆく無傷の九条次代に継がんと

改憲を唱える者よ子や孫を進みて戦に征《い》かせらるるや

右手挙ぐ映像の中の宰相はかのヒトラーと重なりて見ゆ

戦犯の孫の野望を砕くべし秘密保護法世論の力で
戦争の道進めゆく者たちよ惑いはなきや己《おの》が心に
武器を売り原発を売る宰相よ汝が心根に慚ずるはなきや

❋❋❋慚《は》ずるはなきや❋❋❋

「戦争か平和かの岐路」なぞ言うはおかしき言《げん》ぞ九条あるに
民意をも蹴散らし進む宰相の前に岐路などあるはずもなし

戦なき世を

「わが軍」と首相の口より出できたり軍国主義への地ならしならん

腹の立つことばとなりぬ「粛々と」言葉になんら罪はなけれど

戦なき星に生きるが我が願い九条まるごと未来に渡さん

❋ただ真っ直ぐは❋

戦争に行かぬと言いし我が孫は自己中なりや利己的なるや

下校時の中学生が一人聴く反戦訴うわれらの声を

生きたるジグザグ道の我が行路ただ真っ直ぐは反戦の道

つのれる怒り

若きらの熱気の中に我もあり戦争法ノーと声を張り上ぐ

誰《た》がための政治なりしや酌むほどに怒りつのれりこの政権に

我が街に陸続《りくぞく》として人の行く「戦争ノー」のプラカード持ち

老いの血潮は

娘《こ》がくれしクールスカーフ首に巻き友と歩きぬ被爆の街を

反戦のすがしき意思もて声上ぐるシールズ頼もしママの会なお

ビラ配る時々足はもつれるもなおなお滾《たぎ》る老いの血潮は

戦時が浮かぶ

戦争法強行したる議員らよまずは征《い》かせよ汝《な》が身内らを

産めよとか一億などと閣僚のことばおぞまし戦時の浮かぶ

僧一人反戦訴え太鼓打つハチ公前の人込みの中

❋❋戻してはならじ❋❋

「この9は戦争しないの9なんやで」おさなのひと言胸に響きぬ

子や孫と海水浴に興じおり平らかなればこそのひととき

ホルン吹きテニスに燃える孫たちよ君らに銃は決して持たせじ

あの時代に戻してはならじとマイク持つ老いに厳しき寒風の中

妻と居てどちらともなくテレビ消す九条蹂躙の首相映れば

❋前へ前へと❋

ひたひたと戦争の影迫りくる陰でうごめく死の商人も

偏見と差別と憎悪に塗《まみ》れたるトランプの性《さが》ヒトラーに似て

トランプと首相は同質同根と友と語れば背すじ冷えゆく

数恃《たの》む傲岸不遜の宰相はヒトラーもどきと卒寿の友は

トランプの核武装是《ぜ》の墨付きに密かに笑みし首相一統

トランプも首相もやがては屠《ほふ》らるるそを楽しみに前へ前へと

驕れる者久しからず

悪政の極みの自民大敗す驕れる者は久しからずと

都議選に惨敗したるも改憲の行程変えずと首相うそぶく

核武装すべしの思いひた隠し笑顔ふりまく都知事の不気味

タカ派なる小池百合子は正体を見せず語らず都議選終わる

❋米朝首脳会談❋

独裁者と不動産王とが握手せりなりてはならじまやかし平和に

ともどもに真の笑顔と信じたし罵り合いし二人なれども

束の間の平和とするは許されず空文化はならじ反古《ほご》はなおさら

言葉持つ人類なればの対話なり米朝会談平和の緒となれ

朝鮮の統一願い逝きし友米朝会談いかに評すや

深まる腐敗

うそにうそ重ねきたれる政権が悪あがきしてうその上塗り

喚問で解明の緒に就きしいま沸き起こる声「幕引き許すな」

頭《かしら》から魚は腐るの謂《いい》もあり政権腐敗はまさに極まる

四面楚歌の四字熟語が浮かび来る首相答弁聞きおりたれば

見え見えのウソを重ねし宰相は充血まなこでふてぶてと座す

かくまでに総辞職コールの起こりしははじめてなりきその火消すまじ

非道・暴走政治を誰《た》が止めん

憲法を守るべき義務棄て去りて改憲叫ぶ首相の狂気

国民の首なお絞めて搾るのか処々にとよもす「増税やめろ」

「政権を変えるしかない」その声は津々浦々に澎湃《ほうはい》として

卒寿超えし友声高に言い放つ「こぎゃん政権見たことんなか」

憲法を完全無視の政権の自爆は待てぬ倒すほかなし

非道なる暴走政権誰《た》が止めんさらなる市民と野党の共闘

V章 沖縄と生きる

琉球新報

THE RYUKYU SHIMPO

2019年(平成31年)

2月25日月曜

6 東京新聞こちら特報部

16 巨人大城、逆転3ラン

25 ドナルド・キーン氏死去

26 FC琉球J2初陣飾る

SHOGAKUIN

尚学院

新基地 反対72%

県民投票

43万4273票、有権者4

賛成19% どちらで

投票率52・48%

私たちが未来を決める

辺野古県民投票を成功させよう

辺野古県民投票 2.24

新基地反対の圧倒的な県民投票の結果を報じる『琉球新報』(2019 年 2 月 25 日付)

私の中の沖縄——元山仁士郎さんの訴え

南哲夫さん

哲っちゃんこと南哲夫さん(74)は元中学校教師である。九州民間教育研究集会(九民研)、九州・沖縄地区平和教育研究協議会（九平研）などで親しく交流し、今日に至っている。

鹿児島の霧島中学校を最後に定年退職した数年後、現職中から関心を寄せていた沖縄の厳しい現実にいたたまれず、単身沖縄県浦添市に移住し早くも今年で五年目を迎えている。土地の人々にすっかりなじみ、新基地反対闘争など平和運動に骨身を削って活動中だ。

その南さんから辺野古沿岸部埋め立ての賛否を問う県民投票の結果を報じる地元紙琉球新報と沖縄タイムスが送られてきた。両紙とも県民投票一色といってもいいほどの紙面。「新基地反対72％」という大見出しとともにとりわけ私の目を引いたのは「辺野古」県民投票の会の元山仁士郎代表(27)のコメントだった。

「政府は県民のうむい（思い）を重く受け止めてほしい。日本に住む一人一人が自分のこととして考えてほしい」（傍点筆者）

喜屋武真栄《きゃんしんえい》さんの訴え

一九六八年九月四日から一週間私は、沖縄の教育事情視察団（熊本県教組派遣）の一員として二度目の沖縄入りをした（初回は初任校人吉一中の同僚らとの単なる観光旅行）。私が沖縄を自らの問題としてとらえたのはこの旅によってであった。
私はその衝撃を人吉新聞や組合情報紙に書いた。次に引用したのは「沖縄の苦しみは私の苦しみ」と題して支部情報紙に寄せた文章中の一節で、沖縄教職員会事務局長の喜屋武真栄氏（のちの参議院議員）の怒りの訴えである。
「支援、激励、同情という第三者的態度にはいらだちを覚える。私たちは自由も人権も自治も生命も財産も奪われ、世界に類例のない統治を許しているのだ。米国追従のだらしない政府を許しているのは国民一人ひとりではないのか。（中略）沖縄のことを我がことと思って立ち上がる主体性がなければ沖縄返還はいつまでたっても実現しない」（傍点筆者）
半世紀前のこの喜屋武さんの訴えと県民投票の会を立ち上げ若者の先頭に立った元山さんの訴えとが響きあう。〝日本に住む一人一人が〟〝我がことと思って〟――まさに今国民一人ひとりが沖縄の基地問題を自らの問題として立ち上がるべき秋《とき》を迎えている。

沖縄戦終結後、荒れ果てた家の前で茫然と座している少女。

二〇一九年十月二十二～二十三日、治安維持法犠牲者国家賠償要求同盟の九州ブロック集会が沖縄で開かれる。私も長崎県の代表の一人として参加を予定している。現職中は映画運動や研究集会、修学旅行引率などで十数回訪れた沖縄だが退職後は初めてだ。この機会に集会終了後数日滞在して哲っちゃんと行動を共にし、体力のつづく限り辺野古で座り込みなどを続けるつもりだ。

怒りの沖縄――十一万人集会

沖縄の歴史歪曲許さじと怒りのうねり党派を超えて

「生きるのよ　手榴弾棄てろ　みんな立て」母の叫びに自決逃れし

発言に聴き入る若きウチナーンチュ　アップ写真のまなざし清《すが》し

「醜くとも真実知りたい学びたい」壇上で述ぶ高校生ふたり

強制なしに集団自決は起こり得ぬ「命《ぬち》どぅ宝」の心持つ島

「平和の火」子らと教師の百人リレーに沖縄の未来輝きて見ゆ

仏桑華際立つ真紅に会うたびに沖縄人《ウチナーンチュ》の辛苦思わる

この国の不思議

目の前にオバマがいるになぜ言えぬ基地は要らぬのそのひとことが

基地移転名護に回帰の我が不安当たりて悔しビールも苦く

基地はノー安保もノーの沖縄に新たな負担強いると言うか

沖縄も安保も基地も埒外《らちがい》にオバマと握手すこの宰相は

「九条」を持つこの国に米軍基地　異常と言い切る民増えるべし

❋❋屈辱忘れじ❋❋

予防接種　パスポート持ち沖縄に渡りし屈辱今も忘れじ

沖縄の教育視察に行きて聞く基地の油浸《し》み井戸水燃ゆと

卓叩き復帰訴う喜屋武《きやん》さんの鋭き眼今も脳裏に

ガマに入り平和の誓い述べあいし十七人の子ら早も三十路に

「沖縄を返せ」を歌い闘いし日々と重なる普天間移転

辺野古への新基地ノーを示したるウチナーンチュにいかに応えん

基地なき沖縄

平然と公約破りし知事傲然と「いい正月が迎えられそう」

札束に眩みし知事の哀れさよオール沖縄の民意足蹴に

沖縄の現職知事が「当確」とう　そがテロップに箸止まりたり

いつか勝つ伊波さんの言《げん》力強し基地なき沖縄実現期して

「新基地はつくらせない」と伊波さんのブルーのたすき青空に映ゆ

沖縄の怒り

沖縄の友は辺野古より伝えくる「ああわじわじ《（腹の底から怒りがわく）》する民意の無視に」

「全機種の飛行ただちに中止せよ」県民の叫びに政権応えず

落ち来るは雨だけにしてと沖縄の若き母親児を抱き咽ぶ

沖縄の事故事件のたび「ああまたか」やり過ごすこと我になきやと

業を煮やしぬ

朝刊を開きまたかと読み進む沖縄女性を米兵またも

沖縄の空にはみさご《オスプレイ》地上には狼どもがわが物顔に

米軍のやりたい放題にひとことも言えぬ政府に業を煮やしぬ

❋❋❋沖縄の友と語る❋❋❋

胸中に「負けるはずなし」の慢心がわれらの中に巣くいおりしか

我ら皆不屈の気概持ちており敗北糧に知事選勝たん

敗北の翌朝も立つ稲嶺さん　登校の子らの安全見守る

その輪の中に

失明の恐れ抱えしも我が友はいのち燃やしぬ翁長勝利に

ほこらかに大勝利を宣する翁長氏に眼鏡は曇り画像のかすむ

「これほどに燃えたことなし　沖縄に住みて幸せ」しみじみと友

かろやかにカチャーシー踊る翁長さんその輪の中に友もおりしか

❋❋地鳴りのごとき❋❋

政権に異を唱えればこの非道予算は削り知事には会わず

驕れる者久しからずの謂《いい》浮かぶ民意足蹴の横暴ぶりに

誇りある豊かさ求め沖縄は知事を支えて進まんと友

嫌がらせ受けしも知事は自若たりオール沖縄の力ありせば

「理不尽には体を張るが沖縄」と知事の言葉に身体火照りぬ

米軍の撤退求めし翁長知事に地鳴りのごときどよめきやまず

怒れる沖縄

沖縄の怒りはもはや極まれり相次ぐ不時着部品落下に

核しかり沖縄もそうこの国はいずこ見やりて政《まつり》しいるや

核の傘出でねば平和は進まぬの思いは日に日に強くなりゆく

❋❋沖縄戦終結七十三年❋❋

同胞の名を撫でる手の皺深し強き日差しの平和の礎《いしじ》

「もう二度と過去を未来にしない」と少女の誓いに血のたぎりくる

軍拡に抗う島に育ちゆく若きら清《すが》し相良倫子《さがらりんこ》も

目の泳ぐ首相の顔の大写し中三少女の詩の朗読に

子や孫にこの海このまま渡さんと辺野古に集うおじいおばあよ

❋❋ウチナーンチュ❋❋

民意負い命削りし翁長さんの無念晴らさんとウチナーンチュは

「政権が翁長さんをば殺した」の投書の一文うなずきて読む

主亡き青色帽子が呼びかける「ジュゴンとサンゴの美ら《ちゅ》海《うみ》守れ」

基地阻止の民意を軸に闘わん沖縄の友の声の頼もし

新時代沖縄

民意背に新知事毅然と船出せり一語一語を噛みしめ聴きぬ

県民を愚弄する政府許せぬと激し語りぬ樹子《みきこ》夫人は

カメジロウ魂どっこい生きていたアメとムチとに屈せずしかと

しなやかにカチャーシー舞うデニーさんつられて我もテレビの前に

沖縄に「寄り添う」と述ぶ宰相のウチナー苛めて何をしらじら

「寄り添う」は口先だけと沖縄の友は痛罵す語気荒《あら》らげて

謙虚なる言葉の裏に本音見ゆ沖縄蔑視米国追随

亡き知事の血を吐く闘いありてこそ新沖縄の幕は開きぬ

Ⅵ 章

今に生きる多喜二

言い出しっぺのぎゅうちゃん

「おれはなあ、多喜二が特高に虐殺された二月二十日の夜は焼酎ば酌みかわしながら多喜二ば語りあいたかったい《（語りあいたいんだ）》」

一九八〇年の初めころだったか、当時日本共産党の人吉市議会議員として活躍していた〝ぎゅうちゃん〟こと宮原茂富《みやはらしげとみ》さん（故人）に誘われ、猪肉《ししにく》を肴に日付の変わるまでお宅で語りあったのは――。

私が多喜二作品と生涯に関心を持つようになったのはこのころのぎゅうちゃんの熱弁やぎゅうちゃんの書斎に並ぶ豊富な多喜二文献などがきっかけだった。

それから数年、多喜二忌が近づくとぎゅうちゃん宅に四、五人が集まって多喜二に学び語りあうのがならいとなった。

なぜ宮原さんが〝ぎゅうちゃん〟という愛称で呼ばれるようになったのか。ぎゅうちゃんの大の親友だったジャーナリスト伊勢戸明さん（元人吉新聞専務・週刊ひとよし主宰）が偲ぶ会のリーフレットにこう記している。

「一九五七年、人吉市役所職員となり農林課に勤務。先輩から親愛を込めて『ぎゅうちゃん』のニックネームを呈せられる。当時獅子文六が週刊誌に連載していた小説『大番』の主人公、ぎゅうちゃんに風貌が似ていたのがその由来」

宮原茂富さん

その伊勢戸さんも二〇一〇年、肝臓癌のため七十七歳で無念の死を遂げた。悪性リンパ腫で急逝したぎゅうちゃんの死から七年後のことである。二人は一九三三年の同年生まれ。多喜二が虐殺された年に生まれたことに深く感じるものがあって、多喜二の志を継がねばの想いを共にしていた。

ぎゅうちゃん宅に四、五人が集まって多喜二を偲んでいるうちに、これだけの集まりではもったいない、もっと呼びかけようではないかということになり、常連の一人大山次郎さん（故人・元人吉市職員）の呼びかけで初めて「多喜二を語る集い」を持ったのは多喜二没後五十五年の一九八八年二月二十日のことだった。会場は二〇一七年に閉館となった国民宿舎。二十人余でのスタートだった。

「秋田・小樽の旅」小林家の墓地で。（2005 年）

この夜の懇親会でぎゅうちゃんはこうつぶやいた。

「よかった、よかった。多喜二を語る集いにこんなにも集まるとはなあ。多喜二を本気で学んでいこうや」

二〇〇三年からは「早春・文化の集い」と銘打ち、一九年二月で三十一年。連綿と多喜二に学ぶ集いを続けている。

今年（二〇一九年）の集いには『若者たち、蟹工船に乗る』（青風舎刊）の著者中俣勝義さんを招いた。中俣さんの燃えるような語りによって人吉の里に多喜二が蘇った。言い出しっぺのぎゅうちゃんの笑顔とともに――。

早春・文化の集い

✻✻多喜二を語る早春・文化の集い✻✻

党派超え呼びかけ人は五十人梅咲き初むる多喜二の集い

数人で始めし多喜二語る会創立の親友《とも》すでに今なく

多喜二忌の集いの会場整えつつ時計を見て知る拷問の刻《とき》

高熱にうかされつつも会場へ多喜二の喘《あえ》ぎ思えば軽し

❋我ら受け継ぐ❋

今の世に「蟹工船」の読まるるを作者多喜二はいかに思うや

多喜二語る集いこの地に起こしたる友逝きたれど我ら受け継ぐ

息子への便り書かんと文字習う多喜二の母を偲ぶ如月

❋❋学びて生きん❋❋

「早春賦」口ずさみつつ多喜二語る集いのポスター貼りてめぐりぬ

悪政のはびこる今ぞ権力に抗せし多喜二に学びて生きん

この二月多喜二に親しく寄り添えり会場満たし「蟹工船」観る

我を励ます

多喜二忌に集い語りて二十年反戦平和の思い募りぬ

「早春賦」歌いて始めし多喜二忌に若きも集い声太々と

若きらが「老いた体操教師」朗読す多喜二を語る早春の集い
（「老いた体操教師」は多喜二が十七歳の時に書いた全集未収録作品）

多喜二支え生きたる若き同志らを描きし本に引き込まれたり
（藤田廣登著『小林多喜二とその盟友たち』）

この二月小説文献読みゆけば多喜二は生きて我を励ます

生きている多喜二を追いて

丹沢山地――福元館

雪被る丹沢山地近づきぬ多喜二も見しかこの山脈《やまなみ》を

ハンドルの向こうに見えし「福元館」多喜二待ちたる思いになりぬ

多喜二羽織りし丹前衣紋《えもんか》掛けにありそっと手に触れ頬寄せてみる

匿《かくま》われ「オルグ」書きたる宿訪ね多喜二が入りし温泉《ゆ》に浸りおり

多喜二生誕の地・秋田県大館市

いくたびも多喜二文献読み返し秋田小樽へ仲間と発ちぬ

きりたんぽ囲み大館の仲間らと多喜二語ればば秋の夜更ける

アカマツの聳ゆる生家の跡訪ね幼き多喜二に想いを馳せる

母セキの生家の跡に立ちたれば「多喜二立たねか」の慟哭聞こゆ

大館の多喜二の従弟勇二さん　資料調え待ちていませり

⁂多喜二育ちの地・北海道小樽市⁂

朝夕に多喜二が踏みし銀行の石段上がりてまた降りてみる

この場所で多喜二は座して執務せり時を惜しみて小説も書きしか

小柄なる多喜二通いし地獄坂一歩一歩を踏みしめ歩む

旧商高の階段の擬宝珠今もあり多喜二触れしかとそっと撫でたり

デスマスク額《ひたい》を寄せて見入りたり拷問の呻き聞こえくるがに

初子さんは杖突き門に待ち給う若き日の多喜二語らんとして

多喜二より数学習いし初子さん　やさしき人とくり返し語る

東京・杉並の多喜二

からころと下駄音高く阿佐ヶ谷の駅出《い》で来《きた》る多喜二なりしか

この細き路地を多喜二は往き来しか母弟と束の間の幸《さち》

杉並の多喜二ゆかりの跡行きぬ茫漠として標識もなく

多喜二住みし馬橋《まばし》の家の跡に佇《た》つ無念の死遂げし思い今なお

特高に嬲《なぶ》り殺されし多喜二ああ　幌に隠され馬橋の家に

❋❋東京・麻布十番❋❋

坂ありて小樽の町に似ておりぬ多喜二愛せし麻布十番

痛恨の逮捕地点はこの辺り指し示されてしばし佇む

下駄を手に格闘したる地に立ちて息詰めて聞く多喜二の喘《あえ》ぎ

真っ直ぐにこの道多喜二は走りしか脇道あらば逃れられしに

孫背負い多喜二の母が駈けつけし前田医院に今我も立つ

❋多喜二奪還――伊勢崎多喜二祭（群馬）❋

この場所に凭《もた》れて多喜二は座したりと聞きて床柱そっと撫でたり

茗荷汁《みょうがじる》多喜二おかわりしたるとて昼餉にいでしを偲びてすする

権力の思想弾圧に抗したる伊勢崎の衆勝利鮮やか

多喜二らを奪還したる人の娘《こ》は弁護士となりて父の遺志継ぐ
（娘＝平山知子　父＝菊池邦作）

東京・本郷と神保町を歩く

弾圧の拠点となりし「本富士署」名前も変えず傲岸に建つ

山宣も多喜二も野呂も悪法に抗しこの地を行き交いたるか

山宣が刺殺されしはこのあたり右翼の凶刃に怒り沸きくる
（東京神田・光栄館）

山宣の葬儀ありたる位置に立ち映画の場面《シーン》思い描きぬ
（『武器なき斗い』山本薩夫・監督　一九六〇年）

いくたびも多喜二通いし事務所跡に思いめぐらし冬空見上ぐ

小樽での政談演説会場に山宣多喜二の出会いありしや

多喜二語る集い

「蟹工船」ブームにあればなお深く使い捨て労働の正体見据えん

平積みの多喜二書籍の前に立ち本の乱れをそと整えぬ

慟哭の二月

六たび目の干支を迎えてなお歩む鈍牛なれど平和一途に

多喜二らがいのち賭したる闘いに今こそ応え九条守らん

多喜二忌の集い今年も催せりまた巡り来ぬ慟哭の二月

蟹工船ブームをいかに見給うや百一歳で逝きしタキさん
（永遠の恋人・田口〈旧姓〉タキさん逝く　〇九・六・一九、百一歳）

❋❋今に生きる多喜二❋❋

ここだよと友が指さす真向かいに多喜二虐殺の築地署はあり

高円寺の「大衆書房」跡に佇つ監視くぐりて多喜二通いし

神社あり多喜二とタキも歩きしか愛を語りて夢を語りて

寒空の下を巡りしゆかりの地生きている多喜二と語るがごとく

映画「母　小林多喜二の母の物語」

杖つきて舞台挨拶に立ち給い山田火砂子は熱く語りぬ

北林谷栄に並ぶ名演技セキ演じきる寺島しのぶは

戦なき平和日本願いつつ「母」を撮りしと老監督は

権力に抗う息子を信じ切り多喜二の母は生き抜き給う

仲間らとセキの生家を訪ねたるかの日思えば「母」はひとしお

塩谷瞬の多喜二の役のすがすがし非道に抗う若者演じて

母セキと多喜二の無念晴らさんか「母」観しのちに血の滾《たぎ》りくる

❋❋治安維持法犠牲者国家賠償要求同盟人吉球磨支部起つ（二〇一六年七月）❋❋

ひそひそと治安維持法の亡霊が共謀罪なる仮面かぶりて

共謀罪創設ならじと署名簿を携え歩く弥生の街を

日一日危機感つのる共謀罪モノ言えぬ世がじわり迫り来

反戦を語る人らを抑え込む共謀罪の狙いの寒し

六・一五の暴挙まぶたに焼きつけん「共謀罪」法廃止必ず

多喜二らの無念晴らさんか旗幟《きし》高く国賠同盟支部は起ちたり

Ⅶ章 生きとし生けるもの

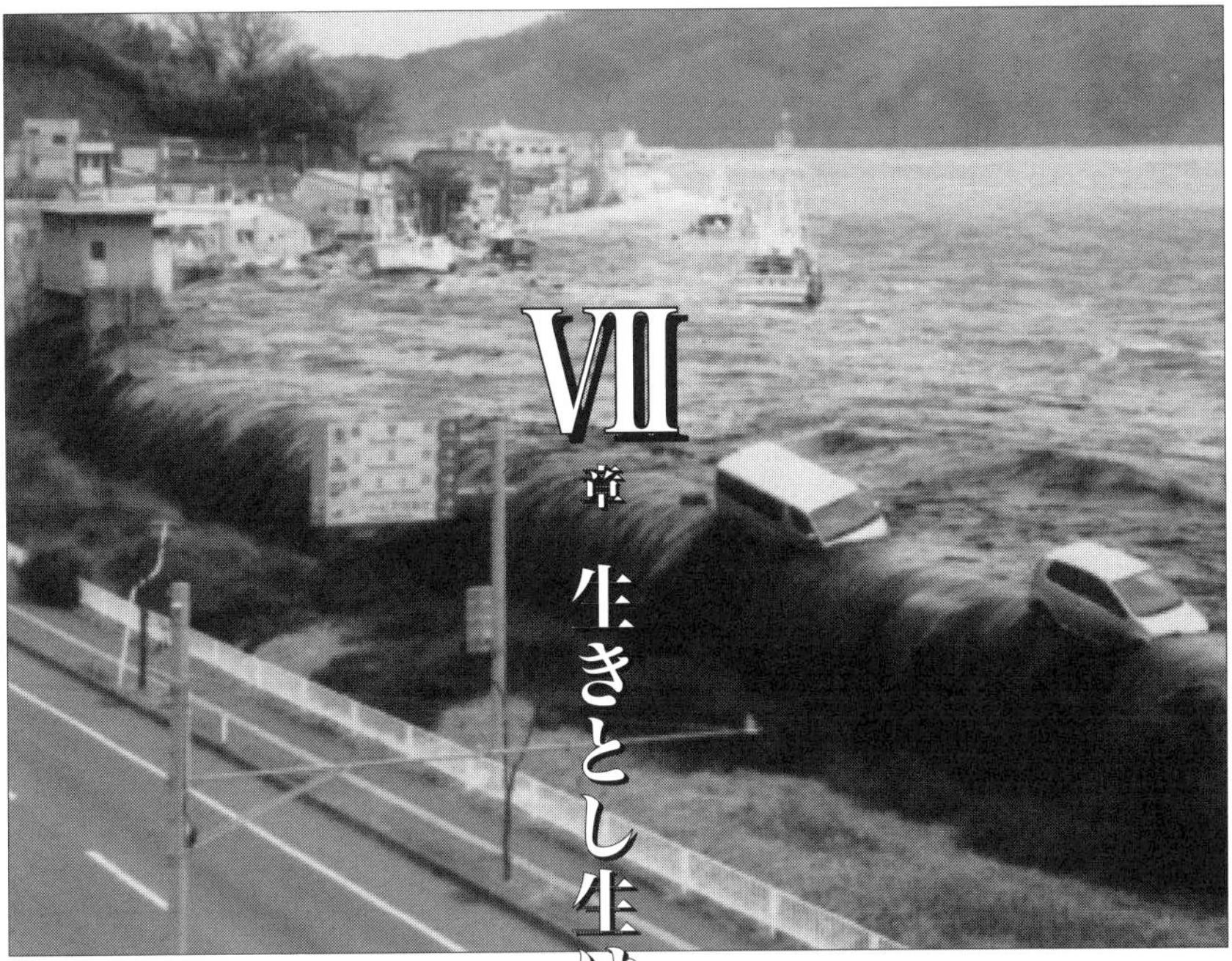

（上）東日本大震災時における大津波（2011 年 3 月 11 日）
（下）熊本地震で倒壊した家屋群（2016 年 4 月 14 日）

東日本大震災

●山さ逃げるべ

二〇一一年十月末、宮城県に住む友人の招きで石巻を訪ねた。あの三月十一日から八ヶ月を経ての現地入りであった。

東北・関東地方を襲った巨大地震による惨状は目を覆うばかり。場所によっては腐臭が鼻を突いた。その臭いに堪えつつ、凄惨な光景をカメラに収め土地の人々の生の声を聴いた。小学校も中学校も高校も地震で崩れ，壁は津波によって無残にぶち抜かれていた。ある小学校の屋上に残っていた「すこやかに育て心と体」の文字が痛々しい。

次に案内された大川小学校は全校児童百八名中七十人が死亡、四名が行方不明、教職員十一名中十人が死亡ないし行方不明の犠牲者を出した学校である。

「先生たちは全校児童を運動場の真ん中に集めて点呼をとり、約五十分後に避難先を北上川河口の七メートルの高台と決め、六年生を先頭に歩きはじめたんです。松林の向こうに黒い水の塊が見えたとき、一人の児童が〝山さ逃げるべ〟と友達に声をかけ、来た道を引き返し、学校の裏山に這い登って助かったんです。みんな一緒に山に逃げておればと悔しい思いになります」

友人は呻くように言い、深いため息をついた。その話を聞きながら私はあるエピソードを思い浮かべていた。

津波で破壊された大川小学校

一九四四年六月十日、ドイツ軍はオラドゥール村の村民六百四十二人全員を虐殺した。だが、小学生のロジェだけは学校に入ってくるドイツ兵を見て「ぼくは逃げるぞ」と、ナチスの命令に従って子どもらを広場に向かわせる教師の指示に従わずに林の中に逃げ込み、生き延びる。

天災と戦争を同一視することはできないが、そこに共通するのは危機に直面したときの咄嗟の判断力、そして真実を見抜く力、さらに行動に移す勇気ではなかろうか。大川小の裏山を見上げながら友人とそう語りあったのだった。

●歌友・故近藤幸男さんの熱き思い

大震災の翌日には福島第一原発一号機の核燃料棒が溶ける「炉心溶解」が起き、爆発音とともに建物の一部が崩壊した。人体に影響を及ぼすレベルの放射線が測定され、広範な地域の市町村民が避難せざるをえなくなるという最悪の事態に陥り，今日に至っている。

近藤幸男さん宅玄関前の大看板

東京・青梅市の歌友近藤幸男さんは、自宅玄関前に大看板を立てた。「ふくしまの子を救おう！」と大書して。

「過ぐる戦争・殺戮の時代を凌いで今九〇歳を超え、天命の日日を生きる一老人であるが、私の背後にはアジア全域の二千万人を超える大戦犠牲者の叫びがある。その悲痛な思いが私をして言わしめているということをぜひわかってほしい」と訴えつつ、福島の子どもの命と健康を守るための宣伝、署名活動に精力的に取り組んでおられたが、思いを果たせぬまま他界された。九十三歳であった。

❋❋隠れ念仏遺跡巡り❋❋

門徒らは柱のほぞに見せかけて仏像隠し秘《ひそ》と拝みぬ

俎《まないた》や傘に秘めたる仏像に屈せぬ民の抗いの見ゆ

晒されし伝助の首に命賭し埋葬したる弟子のおりたり

弾圧に屈せず生きし伝助の墓前に誓う「九条」守ると

❋❋「新・あつい壁」製作開始❋❋

Mさんとともに住みたる元患者「司法殺人」と声荒《あ》らげり

竹箸で証拠のタオルつまみしと元書記官は語りたるとぞ

差別の根断ち切っていく一助にと中山監督意図を説きたり

差別心なしと思いし傲慢に気づかされしと監督語りぬ

❋❋教員汚職❋❋

子どもらの瞳の輝き忘れしか教員汚職の疑惑底なし

カネとコネ教育界の闇深く日々ひろがりぬ疑心暗鬼は

「先生もカネ出したとね」つぶらなる瞳の子らの問いかけ哀し

冤罪――足利事件

間違っていたではすまぬ許されぬテレビ会見領き見つむ

殴る蹴る脅迫誘導の取り調べ刑事よ君ら人の子なるや
冤罪の絶えることなきこの国に日本国憲法活かさるるはいつ
臭いものに蓋してすむや裁判所誤判の原因《もと》の究明しかと

再審無罪――布川事件

年賀状に晴れて自由の身になりしと書き送り来し君は無罪に

垂れ幕をかざせし若き弁護士の笑顔さわやか再審無罪

でっち上げが冤罪生むと踏み込めぬ歯切れの悪き無罪判決

人生を奪いし司法の傲慢を許さじと起つショウジ　タカオは

冤罪の根絶に挑むと胸を張り宣する二人に緑風の映ゆ

津波の奔り

大津波に消されし街の瓦礫踏み老夫婦ゆく子の名呼びつつ

どす黒き魔の手が街をひと呑みに息詰めて視る津波の奔り

「最悪だ　もう戻れぬ」と原発の白煙見つむる避難の人ら

病身の息子残して逃げ延びし老夫婦の嗚咽聞くはつらかり

聞く耳を持たず安全のたまいし政府・東電に怒りいや増す

被災地に新しき命誕生のニュースに触れて心和みぬ

❋❋人影のなし❋❋

死の海に二夜《ふたよ》漂い生還す冷えし漁師に妻の手温《ぬく》し

子も孫も夫も津波に奪われし教師は事実をつづり生きると

原発の危険無視せる東電の社長平然と「想定外」と

津波来る「おれは沖さ逃げ船守る　妻よお前は山さ早よ行け」

「原子力明るい未来のエネルギー」書かれし街に人影のなし

原発の地元さまよう犬一頭無人の街に桜咲き満つ

放射能にいのちの野菜汚されし農夫は雪の夜命断ちたり

責任無限

原発を安全なりと言い立てし政府・東電の責任無限

瓦礫とう一語に括り処分さる津波の街の位牌も写真も

海沿いを選びて建てし原発のマップ示され背筋の冷ゆる

山さ逃げるべ

原発は要らんの声が福島の秋天を衝く我もその輪に

「このおすなさわっていいの」と福島の幼の問いにことば失う

鈍行の窓より見ゆる福島のたわわの柿は穫られざるまま

むっとくる異臭に耐えつつ石巻の津波の痕を胸に刻みぬ

避難の列離れて「山さ逃げるべ」の児童の決断友も救えり

❋❋山に逃げておれば❋❋

防潮堤の高きがゆえの安心が犠牲者生みしと古老のつぶやき

声もなく立ち尽くし見る大川小「雨ニモ負ケズ」の児らの壁画よ

五十分児童らここに待たさるる「山に逃げておれば」の無念募り来

❋犬の目悲し❋

フクシマの事故は人類存亡の危機と訴え署名に今日も

フクシマの子ら救わんと九十翁玄関前に看板立てぬ

卒寿なる友にならいて我もまた反原発の署名に奔る

仮が家《え》に帰る主人を見送れる犬の目悲し　これも原発

子どもらに原発ゼロの日本をとさらなる決意　きょう「こどもの日」

❋❋再稼働ありき❋❋

原発の再稼働急ぐ宰相の心根寒し梅雨冷えのなか

どう見ても正気の沙汰にあらざれば再稼働会見の映像切りぬ

無謀なりの声無視しての再稼働日本列島梅雨に入りゆく

フクシマの漁民は漁を自粛して海見つめおり腕組みをして

生きとし生けるもの

再稼働に固執の閣僚よ被災地の時止まりたるままを知らずや

原発の稼働に抗議の人波にペンライト揺るるビルの窓々

財界に迎合しての再稼働雷雨激しく今宵眠れず

原発に関心持たず生き来しを恥じ入りたりと参加者ぽつり

核廃絶・原発ゼロが我が一分《いちぶん》退《ひ》いてたまるかこの一分を

核棄つるは人の倫なりこの星は生きとし生けるものの家なれば

熊本大地震

土煙上げて城垣崩れゆくテレビ画面を息呑み見つむ

一面のブルーシートの屋根つづく熊本地震の余震は絶えず

ようやくに被災地入りを果たししも足踏む場もなし映画の砦は
（映画の砦＝熊本映画センター）

崩れたる城垣見つめ友呻く「文化財より被災者ばい」と

震源域拡がりゆくに身のふるう原発廃炉に猶予はならじ

この時期に首相外遊あるはなし稀有の震災さなかなりしに

揺れに揺れ地震列島思い知る今こそ原発廃炉しかなし

❋老いも若きも❋

カットしし年金のみで生きよとや卒寿の友は煮えくり返ると

年金で普通に暮らせる世にしたし署名簿抱え初霜を踏む

年金を削るは生の否定なり老いも若きもこぞり起たなん

Ⅷ章 わが世界平和の旅

累々たる遺骸（中国「満州」平頂山遺骨館）

小学校の野外行事を見学（キューバ）

重慶爆撃被害者との懇談（中国・重慶）

ザップ将軍と握手する早乙女勝元さん（ベトナム）

黙って旅費を用意してくれた妻

今から三十八年前の一九八一年、「東ドイツ・ポーランドの旅」でスタートした「早乙女勝元先生と行く平和の旅」は二〇〇九年に終わるまで三十数回を数えた。その旅はそのつど早乙女勝元編著の写真入りの本として草の根出版会より出版された。私はそのうちの九回に参加し、世界各地の戦跡に立ち、戦争の悲惨さと平和の大切さを学んできた。

二〇〇三年の秋、「体力のあるうちに以前から考えていたキューバへの旅を決断したのでご一緒しませんか」という誘いの手紙が早乙女先生から舞い込んだ。その手紙に私の心を揺り動かす一文があった。

「キューバで今見るべきものは何か。(中略) キューバの基本政策である『公正な社会』をめざす実状です。それは一言でいって弱者救済です。アメリカによる経済封鎖は解けず、決して豊かではないものの、医療・教育の無料化を維持し、社会保障制度を充実させ、福祉社会に向かっている人びとの姿は、どのようなものなのか。最近のキューバ映画で観る人びとの姿は、なぜあんなに陽気で明るいのか。革命の志はどう生かされているのか。そこを見届けたいと思います」

さらに文章末に書かれた「放浪ロマンの闘士ゲバラを偲びながらラム酒の一杯を今から楽しみにしています」という一文にも心がときめいた。旅のなかで乾杯をくり返しながら日に日に親しくなっていく旅の仲間との交流場面を思い出したからだった。

ゲバラの娘アレイディタ・マルチさんと。

チェ・ゲバラの遺影の前で（2004 年）

旅を共にした人との結びつきは強い。第一回の旅で出会った福澤嘉孝《よしたか》さん（埼玉県・元小学校教師）もそのひとりであった。二〇〇三年、我が家に一泊した折、川辺川の尺鮎をふるまい、妻の手料理で大いに旧交を温めた。福澤さんとはその後も上京のたびに盃を交わしている。

旅に発つ二〇〇四年に六十七歳の誕生日を迎える私は体力がいささか気になっていた。しかし、学生時代に大のゲバラファンだったという球磨郡あさぎり町の森重蔵《しげぞう》さんともども終始元気だったのは幸いだった。その重蔵さんが帰国の機内で語りかけてきたことばを今も忘れない。

「キューバは教育や医療に力を入れるなど弱者に温かい国だということがようわかりました。〝弱者を犠牲にして経済危機を脱するようなことはしない〟を原則にしているとはさすがキューバですばい。日本とまるで逆だ」

その翌年、重蔵さんは脳出血で斃《たお》れた。病床に見舞った折、ゲバラの写真をかざすと涙ぐみつつかすかに微笑んだ。キューバの旅を思い出してくれたのに違いない。

私の外国平和の旅は早乙女ツアーで九回、九州平和教育研究協議会で三回を数える。今これらの紀行文を読み返してみると、これらの旅でいかに多くのことを学んだかがわかる。早乙女ツアーの仲間、九平研の仲間に感謝あるのみだ。

これらの旅費を文句ひとつ言わずに準備してくれた妻廸子にも心から感謝のことばを記したい。ありがとう！　廸子。

❋壁崩れ落つ国なれど——キューバ平和の旅（二〇〇四年）❋

公正な社会をめざすキューバへの旅の誘いに夜ごと地図見る

チェ・ゲバラ　カストロの国ならばとて友と連れだち春のキューバへ

排ガスを噴き出し走る古車の列革命の国キューバの道を

ビルの壁くずれ剝げ落つ国なれど道行く人の笑いはじける

チェ・ゲバラに青春の血たぎらしし友は佇み像見上げおり

丈高く砂糖きび畑広がりて「奴隷」の姿浮かびて消える

ゆるゆるとステージに向かう老楽士「グアンタナメラ」歌う声若々し

余るもの分けるのでなく持ちたるを分かち合うのだと医学校校長は

❋❋枯れ葉剤いまも　ベトナム平和の旅（二〇〇五年）❋❋

二人乗り三人乗りの単車群ハノイの街を洪水のごと

衛兵に守られホー首席廟にあり「素朴」の希望に違いおりしか

二百万の餓死者葬る墓地に座し日本の占領詫びて手合わす

「イラクでもアメリカ負ける」とビン女史は眼光鋭く笑みて答えし

人民に知恵を貰いし勝利とのザップ将軍のことば忘れじ

枯れ葉剤三世の子は車椅子見えず聞こえずただ叫びおり

枯れ葉剤に毒されし子らの暮らしいる「平和の村」での合唱交流

己《おの》が脚撃ちて抗議の米兵のいたるを知りしソンミ虐殺

水牛も牛も野放し馬もいて二毛作地帯に稲は色づく

ダーちゃんの末の娘は高校生白きアオザイしなやかに着る

埃かぶり傾きかけし家々に解放三十年の幟はためく

「日本の青年たちによろしく」とザップ将軍手挙げ笑みたり

❋為政者よ見よ——中国平和の旅・平頂山遺骨館にて（二〇〇六年）❋

ヒトラーと同じ手口の虐殺と囁きあいて遺骨凝視す

太き骨の下に二体が重なりぬ妻子庇《かば》いし夫ならんか

束ねたる髪の毛残るは母ならん腕《かいな》のなかに小さき骨が

口開き叫ぶ形の頭蓋骨「日本鬼子《リーベンクイズ》」のことば迫り来

うつぶすは女性の骨か腹部には丸く小さき胎児の見ゆる

改憲を叫ぶ為政者こぞり来て遺骸見るべし侵略の惨

❋我が妻の生まれしは――中国平和の旅・「満州」にて（二〇〇七年）❋

我が妻が生まれし「満州」の土踏みぬ四囲見回して侵略を恥ず

その足の下にも遺骨の群れありとうガイドのことばに身を竦《すく》めたり

生きしまま麻酔もなしに実験す細菌兵器作らんとして

人間の臓器各種を掛け置きし金具と知りて体こわばる

七三一部隊の跡に立ちつくす日本鬼子の血吾に流るるか

七三一部隊の跡を見つめたる人ら一様に顔歪めおり

❋❋大屠殺――中国平和の旅・南京にて（二〇〇九年）❋❋

早暁に寝台列車は南京に肩身の狭き旅の始まり

記念館の正面文字に「大屠殺」はっと息詰めしばし見入りぬ

壁面の殉難者レリーフの数々を見つつ歩みぬ囁きあいて

祖父母父母姉妹惨殺見しままに夏淑琴さん声を絞りて

一生を台無しにされしと語る媼の頬の深き傷あと

厳かに鎮魂の鐘鳴りゆかば「屠殺」の事実に胸塞がりぬ

累々たる遺骨見つめて竦《すく》みたり同じ血流る　為すべきは何

❋迎えくれし人々――中国平和の旅・重慶にて（二〇一〇年）❋

被害地に老いたる犠牲者並び立ち重慶によくぞと迎えくれたり

皺深き重慶爆撃の生き証人は悪夢の日々を身ぶり手ぶりで

爆死者の死体で埋まるとう壕に入る加害の国の一人ぞ我は

南京と重慶訪ね憔悴《しょうすい》の我を待ちたる妻の茄子漬け

❋❋おそろしき皇民化政策——台湾にて（二〇一一年）❋❋

降り立ちて四囲を見渡し瞑目す日本統治下の台湾想いて

台湾によきことしたと言う人に返す言葉を探しあぐねる

鉄道敷きダムを造りし日本に恨みはなきと呂さんは言えど

呂さんの日本語うまきに舌を巻く皇民化政策そらおそろしき

丸山や汐留などの地名あり日本統治下の影は色濃く

和装なる妻に駈け寄り写真をと日台交流期せずして沸く

❋釜山・慶州への旅（二〇一二年）❋

時差もなき隣国なりき韓国の釜山・慶州を和服の妻と

「チョウセンピー」「チャンコロ」などと呼ばわりし少年の日々を恥じて降り立つ

日本語の達者な老いに会うたびに母国語奪いし歴史恥じ入る

Ⅸ 章

追悼

師よ　友よ
はらからよ

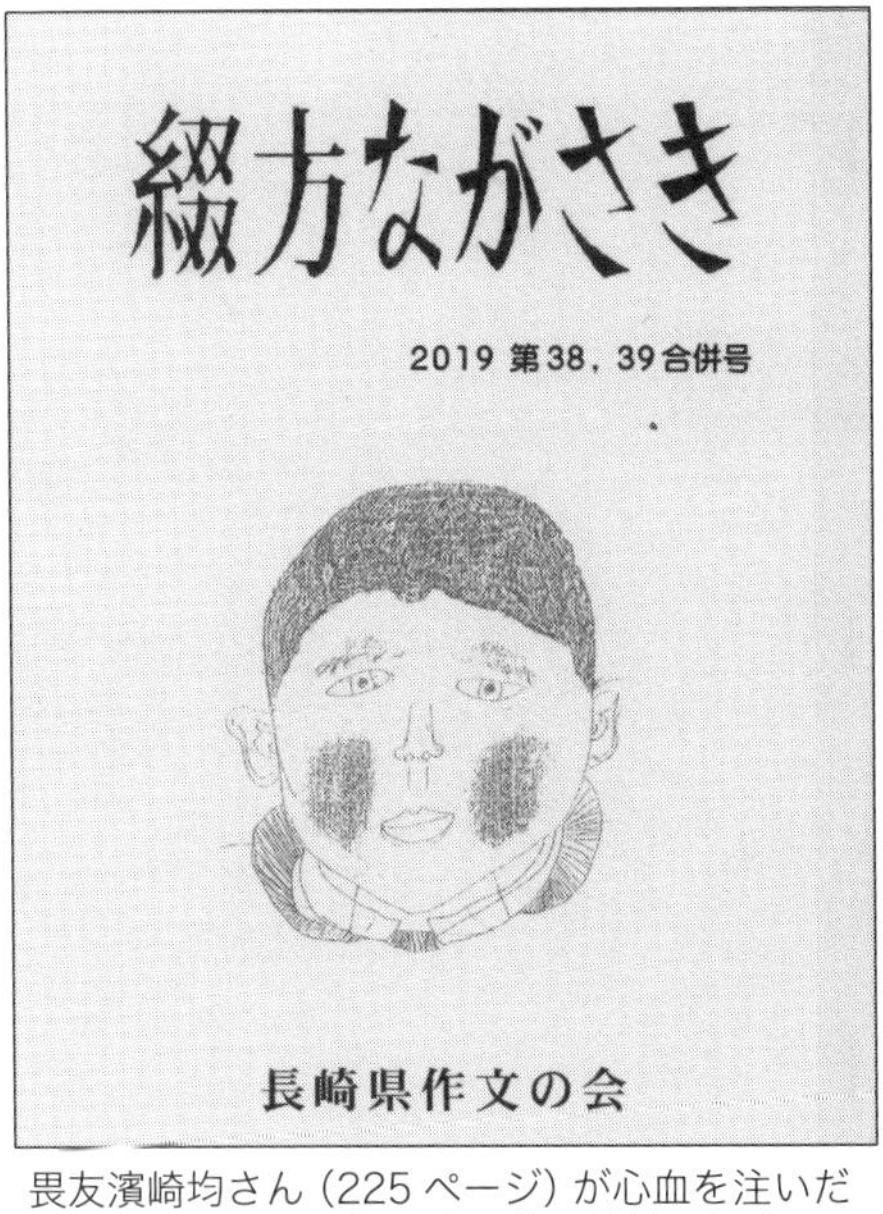

畏友濱崎均さん（225ページ）が心血を注いだ
長崎県作文の会の機関誌は今も継続発行中。

ありがとう次郎さん

有生必有死――〝生あれば必ず死あり〟とは古来言いきたった摂理ではあるものの、生長ければ忘《ぼう》じ難《がた》き人が二人三人とふえていくこともまた受け容れなければならないつらい現実だ。その忘じ難き人々の一人に大山次郎さんという五歳上の友がいる。

次郎さんとの出会いがいつ、どこで、どんな形だったかさだかではないのだが、今から四十年あまり前の映画文化協会の発足前後のころではなかったかと思う。

その発足十周年を記念して今井正監督を招いたときの次郎さんの喜びようは尋常一様ではなかった。次郎さんは今井監督を心の底から尊敬していて、「『また逢う日まで』『キクとイサム』『ここに泉あり』『にごりえ』『真昼の暗黒』『小林多喜二』などヒューマニズムにあふれ、叙情ゆたかで俺の心をとらえて放さん」と熱っぽく語っていた次郎さんの声が蘇ってくる。

次郎さんとさらに親しく交わるようになったのは多喜二百合子を語る「早春・文化の集い」を通してであった。そうしたなかで次郎さんは常々こう言っていたものだった。

「多喜二は自分だけば顕彰さるっとば喜んじゃおらんとじゃなかろうか。共にたたかった無名の同志のことを忘れんでほしいと言うとるような気がすっとばってんなあ」

次郎さんで思い出すのは二〇〇五年九月の多喜二を訪ねての「秋田・小樽の旅」のことだ。

早春・文化の集いの事務局スタッフの次郎さん、嶋田正剛《しまだまさよし》さん、東慶治郎《ひがしけいじろう》さん、それに私の四

在りし日の大山次郎さん

小林多喜二の生家跡前で（2005年）

人での旅だった。多喜二が勤めていた拓殖銀行小樽支店を改造したホテルに泊まったのだが、そのときの次郎さんの興奮ぶりは私などの比ではなかった。〝うん、うん〟とひとり唸りながら多喜二が執務した部屋のあたりに立ちすくんだり、保存してある鉄の金庫をなでまわしたりと、声をかけるのも憚られるほどだった。

小樽二日目が次郎さんの七十二歳の誕生日だった。私たち三人はその日のためにケーキを準備していた。夕食時、蠟燭の灯の群れを吹き消す次郎さんの感極まった表情が今も彷彿とする。

その次郎さんも多喜二を語る集いの言い出しっぺのぎゅうちゃん（146ページ）に負けず劣らずの多喜二ファン。ちなみに多喜二の身長は一五四センチ、体重は四五キロだったという。なんと次郎さんの身長、体重とピッタリ。彼と歩いていると多喜二と歩いているような錯覚に陥ったものだ。

次郎さんが腸閉塞で急逝したのは、東日本大震災からちょうど三年後の二〇一四年三月十一日のことだった。知らせを聞いて大山宅に駆け込み、〝次郎さん〟と呼んだが返事はなかった。すでに次郎さんは深い眠りについていた。

「まだやりたかったことのたくしゃ《（たくさん）》あったろうに――。一生懸命生きた主人のためにも世の中がよか方に行けばよかばってんですね」

伴侶・嘉子さんのつぶやきが蘇ってくる。

次郎さん、長い間の変わらぬ友情ありがとうございました。

❋作文教育五十年——桑原寛《くわはらひろし》さん（二〇〇一年）❋

ありがとうのことば残して君逝きぬ癌の痛みも今は去りしか

ひとすじに作文教育五十年人吉球磨を君は導く

炉に入る君の柩を送りやるついて行きたき思い抑えて

❋正義に生きし君——宮原茂富《みやはらしげとみ》さん（二〇〇二年）❋

赤旗に包まれ君は旅立てり多喜二好みし曲に送られ

微笑みの遺影を座して見つめれば正義に生きし君蘇る

野の花を好みし君の遺影には野菊一輪活けてありけり

非暴力絶対平和を貫いて——北御門《きたみかど》二郎《じろう》先生（二〇〇四年）

山奥にトルストイと向きあいて訳しし作品二百を超ゆる

アカと言われ変人と言われて生き抜きぬ兵役拒否の誇りを持して

自らが訳出したる数冊を病床に開く晩年の日々

非暴力絶対平和を貫きし一途の生を弔辞は讃《たた》う

❋❋ああ、おとうとよ――弟勳《いさお》六十歳（二〇〇五年）❋❋

見舞うたびかけることばもなきままに癌病む君の傍に立ちいる

温もりの残りし君に頬擦りし「らくになったね」のことばかけたり

パソコンに自分史遺し弟は五月《さつき》の風に送られ逝きぬ

公職を退《ひ》きての自由一年余尺八弓道極めずに逝く

睦まじき従兄の弔辞に蘇る貧しくも楽し少年の日々

茶毘《だび》に付すボタンの押せぬ甥の手にそっと手を添え力貸したり

❋❋誤診であれ――佐《さ》土原《どはら》盛《さかい》さん（二〇〇七年）❋❋

肺癌の告知受けしと君の便り誤診であれと繰り返し読む

胸に影の診断受けしあともなお君は集めぬ九条署名

わが胸に癌棲みしとはの歌詠みて君は気丈に患者となりぬ

手術不可骨にも転移と告知され君の無念を思い眠れず

牧水を訪う旅やろうと企画したる君に巣くいし癌憎々し

やわらかき薩摩訛りの君逝きぬ歌人の会に我を誘いし

末期癌と宣告されて一年余君は揺るがず生き抜きたりき

弔電を認《したた》めおれば滲み来る君の笑顔の切に恋しき

❋❋❋記者なる君は──伊勢戸明《いせどあきら》さん（二〇一〇年）❋❋❋

酒場での意気投合より半世紀友情深めし畏友逝きたり

競争と管理教育に抗うを励ましくれし記者なる君は

看護師が持ちてきたりし綿棒の焼酎ふくみ君は逝きたり

君逝きて日ごと広がる空洞を埋める術なく今日も暮れゆく

巨星墜《お》つの思い日に日に強まりぬ輝く実績あまた残して

限りなく酌みかわしきぬ汝がいのち縮めし者の一人か我は

❋❋ しかと受け継ぐ——濱崎均《はまさきひとし》さん（二〇一二年）❋❋

もう一度子らに被爆を語らんとリハビリ励みし君ついに逝く

子どもらに被爆伝うを生き甲斐に麻痺の身叱咤し君は生きたり

脳梗塞に負けてたまるかの気概満つ左手で書きし君の葉書は

十七で被爆死の兄と語りしや核廃絶に燃えたる日々を

脱原発核廃絶の君の意志しかと受け継ぎ生きてゆきたし

❋❋堰切るごとく——義母上村《うえむら》テイ（二〇一三年）❋❋

夫戦死暮らし立てんと資格とり保母生き甲斐に義母は生きたり

「三人の娘がいてこそ生きてきた」引き揚げし義母白寿となりぬ

「もう二度と戦争だけはいやですよ」今わの際の義母のつぶやき

臨終の義母は語りし閉ざしたる引き揚げの苦労堰切るごとく

最期まで頭脳明晰の義母なりき社会の動き知り尽くし逝く

戦争の惨禍を越えて我が義母は曾孫《ひまご》八人に命分け逝く

❋❋ステッキとベレー帽――有本数男《ありもとかずお》（青波《せいは》）さん（二〇一四年）❋❋

反ダムの市長生まんと通いたる選挙事務所で君に出会いき

いつも胸に小さき手帳しのばせて秀歌次々生みだしおりき

体内に癌棲《す》みいしもたじろがず笑顔の君は我ら導く

若き日に送りし五木のおちこちを案内《あない》したしと言いつつ果てし

いくたびも我が名呼びしと聞きたれば胸熱くして遺影を見つむ

ステッキとベレー帽の似合いたる君の笑顔の切になつかし

❋❋❋寒椿落つ——大山次郎《おおやまじろう》さん（二〇一四年）❋❋❋

またひとつ寒椿落つ春愁の庭に真紅の色を遺して

川辺川守る集いに交渉に現地調査に常に君あり

反ダムの闘いつづる「次郎日記」出版果たすや君は逝きたり

交わりし四十年に思い馳せ弔辞したたむ咽《むせ》び抑えて

病身を厭わず君は駆け抜けり社会変革ただひとすじに

歌友らと通夜ぶるまいの座にありて啄木語りて君を偲びぬ

復興の遅れ激怒の君逝きぬ弥生十一日震災の日に

あとがき

おそらく私にとって〝最初で最後〟の歌集出版になるであろう歌集の「あとがき」を書くにあたって、まず思い浮かぶのは佐土原盛《さどはらさかい》さん（一九三七〜二〇〇七）のことだ。佐土原さんと私は中学校の国語教師同士であった。

一九九八年、生涯一教師を貫き、ともに元気に定年退職した。現職中は日本作文の会（日作）の会員として鹿児島・熊本の境を越えて親しく交流を深め学びあった。毎年全国各地を巡って催される日作の全国大会への参加は退職後もつづき、彼と私の親交を深める場ともなっていた。その彼から『新日本歌人』という月刊誌の購読を勧められたのは二〇〇三年のことだった。それから間もなく佐土原さんの勧めで会員になり、翌二〇〇四年一月から月八首の投稿を始め今日に至っている。

入会した私に彼は言った。「釈迦に説法だが、〝欠詠はすまじ〟でいこうや」と――。それからわずか四年後、彼は肺癌のため逝ってしまった。病室で編んだ彼の初めての歌集『みんなみに燃ゆ』（光陽出版）は遺歌集となった。

彼との約束どおり欠詠なくつづけて十五年。投稿歌だけでも一五〇〇首を超えた。

「本会は平和と進歩、民主主義をめざす共同の立場から広範な人々の生活感情・思想を短歌を通じて豊かに表現し（以下略）」（新日本歌人協会規約）に共感して入会した私はこの十五年間、意識的にいわゆる〝社会詠〟を詠んできた。そんな私の歌に対してある親しい歌友は「上田さんの短歌は直球、豪速球のダルビッシュのようだ」と評した。言われてみればまさにそのとおりで、叙情性に欠け直情的だ。

そんな私の堅苦しい短歌に歌集発行を勧める歌友もなく、私自身もその気はまったくなかった。ところが数年前から「上田さん！　歌集を出すべきだ。こんな時代だからこそあなたの歌を世に問うべきだ」と熱心に勧めてくれる歌友がただ一人いた。浅尾務さんだ。

浅尾さんは私が新日本歌人協会に入会した当時、組織部長をしていた。全国幹事会や全国総会、セミナーなどで進行役をしたり議長をしたり提案をしたりと大活躍だった。毅然としたなかにもやわらかな語り口で出席者を惹きつけていた。当時、会員、購読者を含めて千名の峰を築くことが協会の最重要課題だった。当然のことながら組織部がその任を担った。私も地元をはじめ全国各地の知人、友人、卒業生らに月刊誌の購読を訴え入会を勧めた。一人増えるごとに彼は電話や手紙で心のこもった謝意を伝えてきた。実に誠実な人だ。

二〇一〇年、浅尾さんは千名達成を機に、惜しまれながら常任幹事を辞した。持病の腰痛が悪化し、歩行すらままならなくなったからだ。それでも私が上京するたびにストックを支えにして立川や新宿で落ちあい、酒を酌みつつ談論風発を楽しんできた。

歌友と言えば本書Ⅸ章の「追悼　師よ友よはらからよ」中の伊勢戸明、有本青波、大山次郎さんらをはじめ人吉支部いもご会に集う歌友の存在も大きい。私が欠詠せずにこれたのは毎月一回四首を持ち寄っての歌会での学びあいがあったからだった。

その歌友の中に元同僚の坂本ケイさんがいる。いもご会員の中で最も新しい二〇一五年からの会員である。ケイさんが会場の拙宅に初めてやってきた日、妻は玄関口で抱きあって幼なじみのケイさんとの再会をよろこんでいた。ケイさんの入会を機に妻も会員となり、月四首を詠むようになった。

ところが、Ⅱ章「共に生きて」のエッセイで記したような事情で私たち夫婦は二女の嫁ぎ先に移転することになり、新日本歌人人吉支部も引き継ぎ手がなく解散のやむなきに至った。

拙著『ふうきゃん先生まっしぐら』や前著『いつも子どもを真ん中に』の版元・青風舎代表の長谷川幹男さんは出会って三十年を超える畏友である。今回の歌集出版も彼に託することにした。長谷川さんは浅尾さん同様私にとって親しい歌友だ。その彼にもいもご会の会報などを送っていたからか、「廸子さんの歌はやわらかくて、すなおで、優しい。胸に響きます。夫婦二人の歌を組みあわせた章を設けたらどうでしょう。たとえば『共に生きて』などの章タイトルをつけて――」というようなやりとりのなかで第Ⅱ章が生まれたのだった。

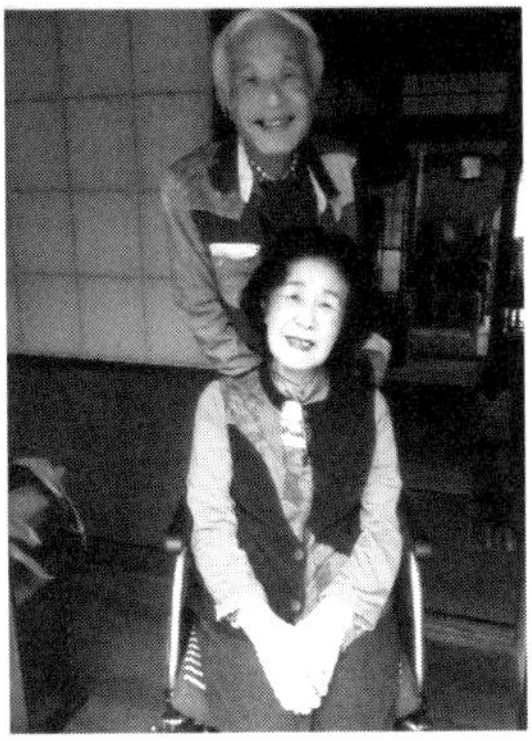

歌集を出すなら平和歌集としてまとめたいという私の希望に応え、長谷川さんは私の約二千首の歌を読み込んで九章に分類するという気の遠くなるような作業をやっていただいた。”編集職人“ の腕を遺憾なく発揮されたことに心より敬意を表したい。

私の最初で最後の歌集はこれらの方々のお力を得て誕生した。

難病にめげることなく、リハビリに励み、この七月三日に元気に誕生した私たちにとって最初のひ孫大心《だいしん》をかなわぬ手で抱き、涙する妻廸子よ。これまで支えてくれてありがとう。これからは私があなたを支える。与えられた命の灯が消える日まで元気に楽しく明るく生きていこう。

この歌集をわが最愛の妻廸子に捧げる。

生ききたるジグザグ道のわが行路ただ真っ直ぐは反戦の道　精一
左腕左脚より萎えていく難病なれど前向き生きる　廸子

二〇一九年八月

上田精一

上田精一（うえだ　せいいち）

1937年、熊本県八代市に生まれる。

1998年、人吉第二中学校を定年退職。

退職後、熊本大学講師（非常勤）、人吉看護専門学校講師（非常勤）を10年間務める。

現在、長崎県映画センター理事、九州平和教育研究協議会副会長、治安維持法犠牲者国家賠償要求同盟長崎県島原支部結成よびかけ人。

【著書】
『教育はロマン』『君と感動の日々を』『学校に希望の風を』（民衆社）『ふうきゃん先生まっしぐら』（エミール社）『映画で平和を考える』『学校演劇で平和を学ぶ』（草の根出版会）『いつも子どもを真ん中に』（青風舎）
【共著】
『中学生の児童詩教育』（百合出版）『中学校教育実践選書』（あゆみ出版）『いじめを越えて仲間づくりへ』（民衆社）『現代社会と教育・知と学び』（大月書店）『文化活動と平和』（桐書房）『夢を育む面白文化活動』（福教社）他

《住所》〒859-2503　長崎県南島原市口之津町丁 2694

上田精一　平和歌集　**生きる！**

2019年9月27日　初版第1刷発行

著　者　上田精一
発行者　長谷川幹男
発行所　青風舎
東京都青梅市裏宿町636-7
電話 042-884-2370　FAX 042-884-2371
振替 00110-1-346137
印刷所　モリモト印刷株式会社
東京都新宿区東五軒町3-9

☆乱丁・落丁本はお取り替えいたします。

ISBN 978-4-902326-63-5 C0092